Simon Froehling

Lange Nächte Tag

Roman

bilgerverlag

Ruth gewidmet

und J.R.D.

Herein, ich habe mich aufgehängt.

Albert Camus, Die Pest

1

Gleich wirst du dich in meiner hellblauen Unterhose mit dem altmodischen Eingriff aufs Bett setzen und rauchen.

Obwohl ich fast so jung bin wie du, gehört die Altmännerunterhose mir. Ich habe sie von Nachbar Albert geschenkt bekommen.

Ein Fehlkauf, hatte der gemeint.

Bei mir sitzt sie gut.

Nachbar Albert habe ich im Sommer während der Party zu seinem fünfundfünfzigsten Geburtstag kennengelernt. Die Einladung hatte neben dem Hauseingang im Flur gehangen. Anstatt eines Geschenks brachte ich Urs mit und eine Flasche Wein.

Urs war nervös. Wenn ein Kennenlernen der Eltern ausgeschlossen ist, wird die erste Begegnung mit Freunden oder Nachbarn wohl zum Ersatz – aufgeladen mit einer ähnlichen Wichtigkeit. Weshalb er keinen Kontakt mehr hatte zu seiner Familie in einem Dorf irgendwo im Emmental, darüber schwieg sich Urs standhaft aus.

Ich hatte ihm verheimlicht, dass ich Nachbar Albert selber nicht kannte, dass er kein Freund von mir, dass alles halb so wichtig war. Mir gefiel das Gefühl, das in mir aufstieg, diese Ahnung, etwas Neues könnte beginnen.

Als du aus der Dusche kommst –

als ich dir aus der Dusche geholfen und dich abgetrocknet,

dich zurück ins Schlafzimmer manövriert habe, ziehe ich dir die hellblaue Unterhose an.

Hoch das Bein, sage ich, wie ich vor dir knie.

Du hältst dich mit beiden Händen an meinen Schultern fest.

Und das andere.

Auf zum letzten Tanz, sagst du mit trockener Stimme und räusperst dich, als hättest du die ironische Färbung deiner Bemerkung noch im Sprechen erkannt und wollest sie gleich wieder abschütteln.

Ich ziehe den Slip über dein Geschlecht und richte mich gleichzeitig auf, lasse den Gummibund gegen deine Haut schnalzen. Die Unterhose ist viel zu gross.

Auf zum letzten Tanz.

Es stirbt niemand, sage ich.

Plötzlich steht die Grosse im Zimmer und schüttelt den Kopf:

Was ist mit dir geschehen, Patrick? Mit uns allen?

Pushing him away, pulling him close, höre ich mich antworten.

Die Grosse und ich, wir haben schon immer ins Englische gewechselt, wenn wir uns auf Distanz halten wollten.

Vielleicht wenn ich mir mehr Mühe, wenn ich sie öfter besucht –

Du drehst dich um, machst ein paar zögerliche Schritte zum Fenster, aus dem du nicht schauen kannst, weil die Läden geschlossen sind, etwas festere Schritte zurück zum Schrank, marschierst dann bis kurz vor die Schwelle der offenen Schlafzimmertür und von da zurück zum Fenster, als würdest du mein Zimmer ausmessen: ein neues Bett vielleicht *(Kingsize* anstatt mein altes, Grösse *Queen*), einen geräumigeren Schrank.

Die Unterhose schlabbert dir um die Schenkel.

Es stirbt niemand; du solltest dich nur nicht erkälten jetzt.

Drei Wochen zuvor, an einem Freitagabend im Herbst, waren wir uns im Yoga aufrecht gegenübergesessen:

Zwei Gestalten, vervielfältigt in den beiden raumhohen und saalbreiten Wandspiegeln, schauten sich an und sahen dahinter sich selbst und dahinter den anderen und nochmals sich selbst und den anderen und nochmals, bis sie zerschellten in der Unendlichkeit.

Und schauten schnell wieder weg.

Den Rest der Stunde konzentrierten wir uns nicht aufs Atmen, nicht darauf, uns möglichst gut in den Asanas einzurichten, sondern darauf, nicht ständig den Blick zu heben und zu lächeln und dabei rot zu werden und zu merken, dass die übrigen Teilnehmer längst mit der nächsten Position kämpften, während wir einander anschauten und gleichzeitig nicht umhinkamen, aneinander vorbeizusehen zu dem Punkt in der Ferne der Spiegelung, wo wir als Gestalten nicht mehr zu erkennen waren, sondern nur als Knoten, der barst.

Obwohl ich seit einem Jahr zum Yoga ging, war der Neue sehr viel gelenkiger. Er schaffte es, seinen dünnen, drahtigen Körper endlose Sekunden in komplizierten Stellungen verschränkt zu halten, aus denen ich längst herausgekracht war auf die nicht wirklich weiche Matte.

Wo ich in meiner Erinnerung noch sitze, wie ich hingefallen war, der Mund leicht offen, damit der Schreck entweichen kann, der mit dem Glauben einhergeht, urplötzlich etwas erkannt, sich selber erkannt zu haben im anderen.

Nach dieser ersten gemeinsamen Yogastunde, in der Schlussentspannung, das kleine schwarze Augenkissen, das nach Lavendel duftet, wenn man es vorher etwas knetet, auf dem Gesicht – rettende Dunkelheit! –, unter der leichten Wolldecke, konnte ich nicht aufhören, an den Mann zu denken, der keinen Namen hatte und von dem ich schon da wollte, er würde nur Körper bleiben, biegsamer Körper, Weidenrutenkörper.

Er war schneller wieder umgezogen, obwohl ich mich beeilte, und lauerte mir draussen vor der Türe auf, spielte mit seinem kindersicheren Feuerzeug, drehte die Flamme grösser, dann wieder kleiner, grösser.

Auf dem Weg zu sich nach Hause wird er mir erzählen, dass er vor kurzem das Rauchen aufgegeben habe, das Feuerzeug aber immer bei sich führe, um seine Hände zu beschäftigen.

Heute frage ich mich, ob der plötzliche Gesundheitstrip, das Yoga, das Nichtrauchen, durch eine unbewusste Vorahnung der baldigen Attacke auf sein Immunsystem ausgelöst worden war.

Eine Weile gingen wir wortlos geradeaus, obwohl keiner von uns wissen konnte, ob das die richtige Richtung war für den anderen, schielten uns von der Seite an, grinsten.

Ich habe einen Ständer gekriegt zur Sitar.

Was um Himmels willen ist eine Sitar?

Eine kleine indische Gitarre.

Dieses Gedudel vorher? Das ist in der Tat grässlich, sagte er und verstaute beide Hände samt Feuerzeug in seiner Jackentasche.

Damit er mich nicht packen konnte und an sich ziehen, dachte ich. Aber wahrscheinlich nur wegen der Kälte: Der Herbst, tagsüber noch golden, wurde abends bissig, schnappte nach Finger- und Nasenspitzen.

Wo gehen wir überhaupt hin?

Er drehte den Kopf und wollte mir einen Kuss auf die Wange drücken, der jedoch auf meinem Ohr landete.

Zu mir, antwortete er.

Das kitzelt, sagte ich.

Bis hierher hätten wir die kurze Strecke als Flirt abtun können.

Wir blieben beide stehen und küssten uns richtig. Auf den Mund. Mit Zunge. Und obwohl ich zu tun hatte am nächsten Morgen, frisch sein wollte, nicht verklebt aufwachen in einer fremden Wohnung, folgte ich ihm.

Zu Hause ging er ins Bad, um zu duschen, aber ich sagte, das dürfe man nicht, man müsse den Yogaschweiss mindestens eine Stunde lang wirken lassen, das sei laut Lehrerin äusserst gesund.

Ein erstes ehrliches Lachen.

Ich konnte ihn riechen. Nach Teig roch er, Brotteig, der aufgeht, und ein bisschen nach den unzähligen nackten Füssen, die Woche für Woche auf den Schaumstoffmatten stehen.

Er machte Musik an im Wohnzimmer und die Lampe im Schlafzimmer.

Ich sagte, ich hätte weder Linsenmittel dabei noch meine Brille. Er ging nicht darauf ein.

Der Sex war schnell und leise. Wenn ich ehrlich bin: Jeder machte es sich selbst. Als wollten wir alles so rasch wie möglich hinter uns bringen, damit nachher umso mehr Zeit bliebe, einander zu erforschen.

Es ist nicht so, dass die Krankheit dich hager gemacht hat, denn ich habe dich vor deiner Ansteckung zum ersten Mal gesehen, und folglich musst du schon immer so gewesen sein, von klein auf so, wie ich dich in jener Freitagnacht im Herbst kennengelernt habe: dünn, drahtig, zweidimensional fast. Bis man dich berührt, bis man mit den Fingerspitzen über deine Haut fährt, unter der alles liegt wie gemeisselt, wie für Blinde ein Relief, wie die Bronzeskulptur der Blindenstiftung beim Grossmünster, damit auch Blinde die Kirche sehen können mit ihren Händen, in überspitzter Klarheit und ohne störende Details. Hier Knochen, hier Muskeln, hier Sehnen, hier Fleisch – so ist der Mensch: Da sind seine Rippen und seine Augen und der Arsch, hier hat es Haare und hier nichts ausser Haut.

Nein, es ist nicht die Plage, die dich so gemacht hat. Es ist eher so, als hättest du dir diejenige Krankheit ausgesucht, die ohnehin zu dir passt.

Ich wohne in einem Haus, an dessen Anschlagbrett neben der Eingangstüre keine Mahnungen hängen, die MieterInnen sollten doch *bitte* die Haustüre ab zweiundzwanzig Uhr *immer* abschliessen.

Jemand riss – zugegeben: oft war ich es – solche Zettel sofort weg, als sie anfänglich noch hingen. Dasselbe geschah mit dem Brief, worauf stand, die MieterInnen sollten doch *bitte* die Mitteilungen der Verwaltung am Anschlagbrett belassen.

Auch in der Waschküche hängen keine Zettel, man solle doch *bitte* ..., denn die Waschküche ist eine deregulierte Zone. Ich habe sie eigenmächtig dereguliert. Ursprünglich hiess es, von Montag bis Samstag sei das Waschen zwischen neun und einundzwanzig Uhr erlaubt. Ich habe die Notiz durch eine neue ersetzt:

Die Waschküche liegt direkt unter meiner Wohnung, und da ich weder die Waschmaschine noch den Tumbler hören kann, ist das Waschen und Trocknen von Montag bis Sonntag zu jeder Tages- und Nachtzeit ausdrücklich erlaubt.

MfG, Patrick Troesch.

Wir bilden ein in sich geschlossenes System, das natürlich funktioniert und sich selbst steuert, solange es nicht von aussen beeinflusst wird, auch wenn sich die wenigsten Nachbarn mit Namen kennen.

Am Anschlagbrett hängen heute nur Sammelmarken aus

dem Supermarkt, die jemand nicht braucht, um die ein anderer Jemand jedoch froh sein könnte.

Und eine Einladung zu Nachbar Alberts Geburtstagsparty hing am Anfang des Sommers ebenfalls dort.

Als ich in der randvollen Wohnung endlich herausgefunden hatte, wer der Jubilar war, als ich die Flasche Wein und mich selber präsentiert hatte (Erdgeschoss rechts), sagte Albert:

Hallo Nachbar.

Beim *Nachbar* als Anrede vor dem Vornamen ist es seither geblieben.

Paar oder WG?, fügte er an, als ich Urs vorstellte.

Urs sagte:

Ähm …

Ich sagte:

Paar.

Und wurde rot. Nachbar Albert lachte sein schelmisches und doch fünfundfünfzigjähriges Bubenlachen.

Wäre es nicht von Vorteil gewesen, fragte er, ihr hättet zuerst euer Verhältnis geklärt, bevor ihr gemeinsam bei Fremden zum Feiern erscheint?

Nachbar Albert sei erster Klarinettist im Orchester der Tonhalle, hörten Urs und ich eine junge Frau, die sich später als Pia vorstellte, zu einem Gast sagen. Er könne gleichzeitig durch die Nase ein- und durch den Mund ausatmen.

Wenn Albert schwul wäre, er wäre der berühmteste Bläser der Stadt, flüsterte ich meiner Begleitung zu.

Die ganzen Sommerwochen nach der Geburtstagsparty und kurz bevor meine Schwester Monica, die ich immer nur die Grosse genannt hatte, bei einem Unfall starb, hörten Urs und ich Nachbar Albert die Circus Suite Nummer zwei von Karaschofjew üben, wobei wir da noch nicht wussten, um welches Werk es sich handelte.

Kennengelernt hatten wir uns bei der letzten Sauvage, die ich erlebt habe, einer illegalen Party in einer ehemaligen Trödelhalle, die wiederum in ehemaligen städtischen Stallungen untergebracht gewesen war und nun abgerissen werden sollte, um einer Schule Platz zu machen. Die Organisatoren brachen die Türen auf und installierten eine Soundanlage und eine improvisierte Bar aus Harrassen in der leergeräumten Halle, hängten ein paar Discolichter auf. Um Mitternacht war der Raum bereits voll. Dass eine Sauvage steigen würde und wo, hatte sich per SMS herumgesprochen.

Etwa um zwei Uhr in der Früh kam die Polizei, die Musik brach kurz ab, man versprach, die Dezibel zu drosseln und keinen Müll zu hinterlassen. Die Polizei zog weiter. Zu dem Zeitpunkt hatten Urs und ich uns schon eine Weile beäugt. Als die Musik erneut einsetzte, tanzten wir langsam aufeinander zu, äusserlich kontrolliert, als wäre die Gravitation nicht gewollt, und innerlich ausgelassen und voll des Gefühls, in der besten aller Städte zu leben, wo es noch Sauvages gab, um dem Klubsterben entgegenzuwirken, und tolerante Sicherheitskräfte. Darauf stiessen wir an:

Auf die Polizei!

Nur das mit dem Müll verstanden wir nicht, sollte das Gebäude doch demnächst demoliert werden.

Bei sich zu Hause legte Urs harten Techno auf, die Basslinie viel zu laut. Sie brachte die Wohnung und meine sämtlichen Organe ins Schwingen, alles schien zu wummern. Meine Ohren dröhnten von der Party.

Neben den Alleshörern gibt es zwei Arten von Klubgängern: solche, die auch zu Hause nur elektronische Klänge hören, und solche, die nur in den Klubs zu ihnen tanzen, zu Hause aber wahnsinnig werden ob des schnellen Beats und deshalb ihr Interesse für andere Musik über die Pubertät hinaus ins Erwachsenenleben gerettet haben wie Nachbar Albert sein Bubenlachen. Bei einigen, die nicht bereits von ihren Eltern eingeführt wurden in die schönen Künste, gesellt sich die Klassik später dazu. Sie schält sich aus dem Lärm einer Dinnerparty heraus, schleicht sich von hinten an, nistet sich im Gehörgang ein, überlebt dort den Kater, der auf die Party folgt – und bleibt.

Fortissimo, piano, pianissimo, dann wieder forte, da weiss man gar nicht, wie man die Regler einstellen soll, sagte Urs einmal zu mir. Du gehst in die Küche, es ist eine leise Passage dran, du hörst die Musik kaum, und dann: Pa-dam! erschlägt sie dich aus dem Wohnzimmer und du lässt das Glas fallen, das du gerade aus dem Schrank geholt hast. Nichts für mich.

Klassische Musik ist zum Hören da, nicht zum Laufenlassen. Du musst dich hinsetzen und dich ihr widmen, ohne Ablenkung, wie man einen Film schaut. Und irgendwann, wenn du lange genug hinhörst, kannst du die Musik sehen.

Ein paar Tage nach der Geburtstagsparty, ich war schon nachmittags nach Hause gekommen, da ich Frühdienst gehabt hatte, entdeckte ich Pia, die im Innenhof auf dem Gras und im toten Winkel unter Alberts Fenster eine Decke ausgebreitet hatte, um seinem Spiel zu lauschen. Ich glaube, Pia war verliebt in Nachbar Albert. Weshalb hätte sie sich sonst versteckt und ihre Decke so nahe der Hauswand ausgebreitet, wo er sie nicht sehen konnte, sollte er aus dem Fenster schauen?

Der Schatten, es ist kühl, sagte sie, als ich sie fragte, ob wir nicht weiter hinaus in die Wiese zügeln wollten.

Unter den Baum in der Mitte?

Aber Pia antwortete nicht, schloss die Augen und lauschte der Circus Suite.

Mit der Zeit wuchs unser Grüppchen, und auch Urs setzte sich fast täglich zu uns auf die Decke, obwohl er die Musik nicht mochte.

Nachbar Albert übte jeden Tag von elf bis zwei und von drei bis sechs. In der letzten Stunde, ab fünf Uhr, hatte er am meisten Zuhörer. Sie kamen von der Arbeit nach Hause und setzten sich, ohne in ihren Wohnungen gewesen zu sein, zu Pia auf die Decke. Sie lockerten Krawatten, zogen Stöckelschuhe aus, die den ganzen Tag gedrückt, schälten sich aus hauchdünnen Strümpfen, die gezwickt hatten, und nahmen dankend einen Becher selbstgemachten Eistee an, den Pia in einer grossen Thermoskanne mitbrachte.

Einmal klingelte bei Albert das Telefon. Man hörte es kaum, doch es klingelte hartnäckig weiter. Albert unterbrach sein Spiel.

Ja?, bellte er und stellte sich ans Fenster, um zu telefonieren.

Und entdeckte uns – die ganze fünf- bis sechsköpfige Gruppe.

Du, ich bin am Üben, sagte er lauter als nötig, ich rufe dich zurück.

Eine Minute später stand er in Unterhemd und Sporthose im Innenhof, die umgekehrte Baseballmütze vor sich auf dem Gras, und spielte und spielte und spielte.

Tosender Applaus!, rief Pia, sobald er fertig war.

Wir klatschten. Dann setzte sich Nachbar Albert zu uns und erzählte von Karaschofjew und seiner Circus Suite Nummer zwei, die so heisse, weil der Russe sie ursprünglich für den Moskauer Staatszirkus komponiert, dem sie aber nicht gefallen habe, weshalb das Werk nie zu hören gewesen sei unter der Zirkuskuppel.

Zu fragen, ob es eine Suite Nummer eins gäbe, kam niemandem in den Sinn.

Er müsse nichts als üben, sagte Albert, da das Orchester das Stück nicht nur in der Stadt aufführen werde zur Saisoneröffnung, sondern auch eine Tournee geplant sei und eine CD.

Nach diesem Abend sass, bis auf Pia, niemand mehr auf dem Rasen – wir hatten unser Konzert bekommen. Trotzdem schloss Nachbar Albert sein Fenster nie, wenn er spielte, und jeden Tag zeichnete seine Musik uns einen Zirkus in die Feierabendköpfe. Wir hörten lustige Pudel- und traurige Clownnummern, sahen Artisten von Trapez zu Trapez durch die Luft wirbeln oder auf dem Hochseil Waghalsigkeiten vollbringen in glitzernden Kostümen, sahen eine Herde schwarzer Vollblutaraber nervös durch die Manege tänzeln, rochen das Sägemehl, das unter ihren Hufen und im Scheinwerferlicht in alle Richtungen stob wie Funken, sahen Akrobaten mit Tellern oder Feuerkeulen jonglieren, sich verrenken oder auf Einrädern durchs Zirkusrund sausen. Ab und zu hielt einer von uns beim Kochen inne und dankte mit einem kurzen Applaus, der durchs eigene offene Fenster und den Innenhof zu Albert hochstieg.

Pia kam klingeln und fragte, ob wir zum Eröffnungskonzert gehen wollen. Sie kläre erst ab, wir müssten uns nicht definitiv entscheiden. Ein paar Tage später hing eine Liste am Anschlagbrett, auf der man sich einschreiben konnte.

(NB: Anmeldung verbindlich.)

Vom Erdgeschoss links bis zum fünften Stock rechts trugen sich alle ein. Nachbar Albert war so gerührt, dass er Pia versprach, im Betriebsbüro der Tonhalle – bei Frau Biberist, die tatsächlich aussehe wie ein Biber mit ihren Zähnen – einen Gruppenrabatt für uns zu erwirken.

Trotz ihrer Anstrengungen verliebte sich Albert nicht in Pia, und anstatt mit Urs ging ich mit dir zum Konzert, das nicht wie geplant die Saison eröffnete, sondern erst später im Herbst gegeben wurde.

Diese Dirigenten, erklärte Nachbar Albert. Alles Diven!

Wir sassen in der zweiten Reihe. Auf den Plätzen eines älteren Ehepaars mit einem Konzertabonnement, das Karaschofjew aber nicht mochte, stellte ich mir vor, oder sich entschieden hatte, mal wieder an eine Premiere im Pfauen zu gehen anstatt immer nur in die Tonhalle.

Sicher auf Drängen der Frau, dachte ich und konnte mich nicht auf die Musik konzentrieren.

Ich weiss nicht einmal, wie du heisst, sagte der Namenlose, als hätte er schon damals meine Gedanken von heute lesen können:

Ich weiss zu dem Zeitpunkt nicht einmal, wie du heisst.

Lange lagen wir da an unserem ersten Abend, am Spiegelfreitag, wie ich ihn nenne, und atmeten im selben Rhythmus. Die Klänge aus dem Wohnzimmer trugen unsere Gedanken fort, bis nichts als jene lauschige Leere blieb, die wir vorher während der Schlussmeditation im Yoga krampfhaft –

die ich krampfhaft herzustellen versucht hatte.

Es war elektronische Musik, ein Chill-out-Set eines DJs, einzelne Tracks waren nicht auszumachen, es gab keine Pausen, und er muss auf *Wiederholen* gedrückt haben: eine kurze Unterbrechung, dann breitete sich der Soundteppich von neuem aus.

Ist doch komisch, dass man zuerst miteinander ins Bett steigt und erst dann nach dem Namen fragt.

Stimmt, erwiderte ich.

Anita – als Mädchen hätte ich Anita geheissen, das stand schon lange vor meiner Geburt fest. Es war der einfachste Name, auf den sich meine Eltern einigen konnten, denn die Zeit der *fancy names*, die für meine Mutter, eine Engländerin, gar nicht *fancy* waren, sondern normal, jedoch aber für meinen Vater – die Zeit der Jessicas und Jennifers, der Kyras und Kylies, Moiras und Mailins war noch nicht angebrochen; in meiner Primarschulklasse einige Jahre später hiessen sie alle bodenständig Barbara oder Martina, Nicole, Sonja, Andrea oder eben: Anita.

Mit einem Jungennamen taten sich meine Eltern schwerer. Wahrscheinlich weil sich mein Vater diesmal so sehr einen Sohn wünschte, dass er die Geburt eines solchen nicht durch das frühzeitige Fixieren eines Namens verschreien wollte. Erst als es darum ging, ein Krankenhaus auszusuchen und sich anzumelden für die Geburt – Mitte März sollte es sein –, fiel Mutter ein Name ein, der sowohl auf Deutsch als auch auf Englisch gut zu sprechen war.

I've got it, sagte sie. It has to be Patrick.

Patrick?

Saint Patrick.

Aber weshalb?, fragte Vater.

March seventeenth, silly – Saint Patrick's Day!

I don't know ... You're not even Irish, antwortete er, der sonst immer darauf achtete, nicht ins Englische, nicht in die Sprache ihres Kennenlernens zu wechseln, wenn er mit seiner Frau sprach.

Denn wenn sie schon hier lebte, in der Schweiz, sollte sie

sich auch bemühen, Deutsch zu lernen. Schweizerdeutsch am besten. Wie würde sie sich sonst zurechtfinden? Zum Beispiel, wenn er wenige Monate nach der Geburt in die Rekrutenschule einrücken musste – eine Vaterlandspflicht, die sich nicht länger hinausschieben liess nach seinem dreijährigen Auslandsaufenthalt und zweites Kind hin oder her.

It's celebrated all over the world, not only in Ireland, antwortete meine Mutter.

Ich tat ihr den Gefallen nicht und kam erst am einundzwanzigsten März zur Welt: gross, fast um einen Drittel schwerer als die Grosse vor etwas über einem Jahr, aber, als Hommage an meinen heiligen Namensvetter, mit einem feuerroten Kreuz auf der Stirn, der Längsbalken bis zum Nasenansatz. Das Kreuz erscheint noch heute, wenn ich wütend bin oder mich überanstrengt, geheult habe, eine Asthmaattacke mich schüttelt.

Ich heisse Jirko, unterbrach der Mann, in dessen Bett ich lag, meine Gedanken. Du?

Er drehte sich auf die Seite und strich mir mit dem Zeigefinger über die Nase, verharrte mit seiner Fingerspitze in der Kerbe oberhalb meiner Lippen und fuhr dann um diese herum, als müsse er mir helfen, die Buchstaben zu formen.

Jirko?, fragte ich. Ist das Russisch? Oder Jugoslawisch?

Tschechisch. Es schreibt sich mit A am Schluss, obwohl man es mit O ausspricht: J-I-R-K-A. Ist die Koseform von Jiří – Georg.

Der heilige Georg?

Ja, der Drachentöter.

Ich heisse auch nach einem Heiligen, sagte ich, und wenn ich die Luft anhalte, erscheint ein Kreuz auf meiner Stirn. Schau, so.

Hör auf, du machst mir Angst, meinte Jirka und verdeckte das Mal mit der flachen Hand.

Ich wartete absichtlich noch ein paar Sekunden.

Ich dachte: Eroberung, und dass er nun keine mehr sei, weil sich mit dem Namen die Anonymität aufgelöst habe.

Trotz der Bedeutung mussten meine Eltern mir einen unverkennbar maskulinen Mittelnamen geben – wegen der Endung auf A, fuhr er fort. Sonst hätten sie die Geburt nicht registrieren können auf der Gemeinde.

Und?

Und was?

Dein zweiter Name.

Andreas – ganz banal. Jirka Andreas Sedlák.

Einen Atemzug lang dachte ich, er wolle mich auf den Arm nehmen, habe bereits meinen Mittelnamen herausgefunden, hatte an der Garderobe meine Jackentaschen durchwühlt nach dem Yoga, während ich mich hinter der papierenen Stellwand umzog, und meine Visitenkarte entdeckt.

Aber mein Mittelname steht gar nicht auf der Karte, wusste ich. Da steht nur ein A und ein Punkt zwischen Vor- und Nachnamen, als hätte ich mich nie ganz mit Letzterem versöhnt und ein spitzes Bollwerk errichtet zwischen meiner Identität, die sich an meinem Vornamen festmacht, und jener meines Vaters, zu dem ich mittlerweile keinen Kontakt mehr habe.

Dann muss es Zufall sein, dachte ich, dass wir uns den Mittelnamen teilen. Aber solche Zufälle gibt es nicht, solche Zufälle heissen Bestimmung oder Schicksal und mit einem Adjektiv davor wie höhere oder –

Ich lachte mich selber aus.

Was ist?

Freut mich, Sie kennenzulernen, Drachentöter, antwortete ich.

Die Freude ist ganz meinerseits. Aber sag schon.

Ich bin Patrick – keltisch für *der Küsser.*

Das musst du mir zuerst beweisen, meinte Jirka und rollte sich auf mich, sein Körper messerscharf an manchen Stellen und federleicht, wie unsere Lippen auch, bis er einschlief und ich ihn so sanft es ging von mir hinunterschob.

Eine der wenigen Erinnerungen, in der sowohl meine Mutter als auch mein Vater vorkommen, spielte sich Samstag für Samstag im MMM-Markt ab, zehn Autominuten von Trauten, unserem Dorf, entfernt.

Nachdem wir mit den Einkäufen die Kasse passiert haben, hebt mich Vater auf die Packstation, wo Kartonschachteln gestapelt sind in allen Grössen – und wo eine Kaffeemühle steht. Ich darf die Bohnen oben in die Mühle kippen und auf den Knopf drücken: Die Maschine heult auf und ihr langanhaltender Schrei übertönt das sonstige Stimmengewirr im Supermarkt. Beglückt hüpfe ich auf und ab neben der Mühle, dass die Kartonstapel ins Wanken geraten, während die Grosse den gemahlenen Kaffee auffängt in derselben Tüte, in der wir die

Bohnen gekauft haben. Bevor sie die Tüte verschliesst, riecht meine Schwester an dem Pulver und muss es auch mir unter die Nase halten, sonst weigere ich mich, wieder in Vaters Arme zu klettern, damit er mich absetzen kann.

Mmm, mmm, mache ich und bin mir sicher, dass der Supermarkt nur deswegen so heisst: wegen des betörenden Dufts von frischgemahlenem Kaffee.

Die Grosse und ich mussten Vater am Sonntagmorgen jeweils lange belagern, bevor er uns einen Schuss von seinem Kaffee abgab und in unsere Frühstücksmilch goss. Er behauptete, diese erste Tasse frischen Kaffees sei die beste der ganzen Woche und an uns nur verschwendet. Aber das war nicht der Grund, weshalb wir betteln mussten.

It can't be healthy for them, höre ich meine Mutter sagen. And all that coffee isn't healthy for you either.

Das Aroma von gerade erst gemahlenem Kaffee – dieser Geruch stieg mir von einem Samstag auf den anderen nicht mehr in die Nase.

Es war der Samstag, an dem Mutter die Einkäufe zum ersten Mal aus der eigenen Tasche bezahlte. Um auf die Packstation zu klettern, war ich längst zu gross.

Ich glaube mich daran erinnern zu können, wie sie an jenem Samstag durch die Supermarktgänge gewandelt ist und geweint hat, tonlos geweint.

Aber diese Erinnerung ist möglicherweise gar keine; das Bild könnte genauso gut von einer ihrer Erzählungen Jahre später heraufbeschworen worden sein, als die Grosse und ich uns weigern wollten, unseren Dad weiterhin jedes Wochenende zu besuchen, worauf sich unsere Eltern bei der Trennung geeinigt hatten, und Mutter unseren Überdruss ausnutzte, um uns Kindern ihre Version von Vaters wahrem Gesicht aufzutischen.

That's how he was, schloss sie jeweils.

Vater habe ihr während all der Jahre nur Taschen- und nie ein Haushaltsgeld gegeben und immer darauf bestanden, sie zum Wocheneinkauf zu begleiten. Die Artikel von den Regalen und aus den Kühltruhen nehmen, das habe sie selber machen, den Wagen selber schieben dürfen, aber an der Kasse habe er sich immer vor sie gestellt und das Portemonnaie aus der Gesässtasche gezogen, um zu bezahlen.

Yes, that's how he was, your father.

Zum Trotz quartierten meine Schwester und ich uns weiterhin Wochenende für Wochenende in seiner Zweizimmerwohnung am anderen Ende des Dorfes ein. Die offizielle Scheidungsvereinbarung sah lediglich vor, dass wir alle vierzehn Tage bei ihm übernachteten. Auch als die gerichtlich verfügte Besuchspflicht an ihrem sechzehnten Geburtstag erlosch, begleitete mich die Grosse weiterhin. Gleich nach meinem eigenen Sechzehnten und als habe er sehnlich auf diesen Tag gewartet, verliess Vater das Land.

Sobald Jirka eingeschlafen war in unserer ersten Nacht, stand ich auf und ging nach Hause. Ich hatte zu tun am nächsten Morgen, wollte nicht aufwachen in einer Wohnung, die nicht meine war. Wobei, wenn ich ehrlich bin: Das war es nicht.

Das war es anfänglich, da auf der Strasse – ein kurzes Zögern. Denn zu tun haben an einem Samstag konnte nur heissen, dass ich mir ganz fest vorgenommen hatte, mich endlich dem Wäscheberg zu widmen oder das Bad zu putzen. Und nicht verklebt aufwachen wollen in einer fremden Wohnung konnte nur bedeuten, niemanden zu nahe an mich heranzulassen, nicht der Sehnsucht nachzugeben, die nur in Enttäuschung münden konnte.

Ich schob Jirka von mir hinunter, obwohl ich schon wusste, dass ich mir etwas vormachte, dass das, was ich gesehen hatte in der Spiegelung und vor allem dahinter –

dass ich diesen Mann mit dem fremden Namen so schnell nicht aus meinem Kopf bekommen würde und schon gar nicht beim Putzen.

Ich zog mich an und schaltete die Musik aus im Wohnzimmer. Es war keine CD; die Klänge wurden direkt von Jirkas Laptop, das auf einer Holztruhe am Boden stand, kabellos zur Stereoanlage gebeamt. *Repeat playlist* war aktiviert. Der Track hiess *untitled1*.

In der ganzen Wohnung fand ich keinen Stift, auch nicht in seinem Rucksack, der im Flur lag. Auf dem Küchentisch stand ein dickbauchiger Zuckerstreuer aus Glas, mit einem Drehverschluss aus Metall und mit Schnabelöffnung, wie man sie aus Kaffeehäusern kennt.

Er hat den Streuer bestimmt geklaut, dachte ich.

Auf die Gefahr hin, dass er sich am nächsten Morgen masslos ärgern würde, zeichnete ich ein *Danke* auf den Tisch.

2

Warum bist du gegangen an jenem Freitag?, sagst du als Erstes heute Abend und anstelle einer Begrüssung.

Dein Gesicht unter der Wollmütze eine Fratze: die Stirn zusammengezogen um einen Punkt zwischen deinen Brauen, wo etwas zu sitzen scheint, das gleich explodieren wird in deinem Kopf.

Hast du bekommen, was du wolltest? Einmal abspritzen und tschüss?

Jirka, was ist los?

Du antwortest nicht: deine Lippen schmal und zusammengepresst, als müsstest du dich beherrschen.

Was ist los?, wiederhole ich.

Antworte mir. Weshalb bist du gegangen?

Deine Bewegungen fahrig, du kämpfst mit der nassen Jacke, wirfst im Flur deine Handschuhe auf den Boden unter die Garderobe und die Mütze hinterher, deine Stimme atemlos: Du klagst an.

Das tue man nicht, man stünde nicht auf und gehe, ohne sich zu erklären.

Kannst du dir vorstellen, wie ich mich gefühlt habe?

Du hast geschlafen; ich wollte dich nicht wecken, sage ich.

Ausser in der Küche, wo das Fenster auf den Innenhof geht und es keine Läden gibt, schliesse ich sie überall. Du läufst mir nach durch die ganze Wohnung. Draussen brennen die Strassenlampen bereits; die Lichtkegel schneiden schwarze Pfützen aus dem Asphalt. Es hat aufgehört zu regnen, aber jedes Mal, wenn ich mich aus einem Fenster lehne, um die metallenen Halter umzuklappen, die im selben Grün lackiert sind wie die Holzläden und bei denen ich immer an kleine Zinnsoldaten denke, die stramm Wache schieben, schlägt mir die Kälte ins Gesicht wie ein feuchter Lappen. Zuletzt mache ich die Läden im Schlafzimmer zu, ein gefangenes Zimmer und nur durch die Stube erreichbar. Als ich mich vom Fenster wegdrehe, stehst du so dicht vor mir, dass ich dir beinahe in die Arme laufe. Zwei Fremde starren sich an. Dann gehst du wortlos zurück ins Wohnzimmer, wo Licht brennt, setzt dich auf einen der beiden Sessel, ziehst deine feuchten Socken aus und beginnst, deine Füsse zu massieren.

Obwohl meine Wohnung überheizt ist, bleibt der Boden kalt. Die Kälte kriecht zu Winteranfang aus dem Keller und setzt sich fest. Damit ich nicht friere, muss ich die Heizung aufs Maximum einstellen. Die trockene Haut beim Aufwachen, die sich anfühlt wie über einen zu grossen Körper gespannt, das Gefühl, ein Gesicht aus Pappkarton zu haben, nehme ich in Kauf.

Es herrschen zwei Klimas in meiner Erdgeschosswohnung: eines am Boden und eines in der Luft – die ich gerade anhalte, merke ich.

Gespielt hast du mit mir.

Ich sage nichts, weil ich weiss, dass du recht hast, und ich keine Antwort finde auf dein Warum.

Ich hatte mich am Samstag, gleich nachdem ich aufgewacht war bei mir zu Hause, mit einem schlechten Gewissen, das mir auf die Brust drückte, und der Vorahnung aus dem Yoga, die mir noch immer den Bauch wärmte, ins Netz eingeloggt. In der Suchmaske der Datingplattform, auf der die halbe Zürcher Szene vertreten ist und die alle nur den *Blauen Salon* nennen wegen des Layouts, gab ich ein: Profile nur mit Bildern, Alter: min. 24, max. 30, Figur: schlank, Herkunft: Europäer, Kopfhaar: kurz, Haarfarbe: braun, Augen: braun.

Bange Minuten klickte ich mich durch die Profile, die mir die Suchfunktion ausgespuckt hatte. Ich klickte und hoffte, klickte und hoffte, Jirka sei überhaupt mit Bild präsent, denn wäre er nur mit einem anonymen Profil vertreten, hätte ich keine Chance, wusste ich und schaute immer wieder nach, welche Benutzer mein eigenes Profil besucht hatten (die Funktion heisst passend Big Brother), denn möglicherweise war er gerade online und suchte nach mir.

Als ich ihn fand, erkannte ich Jirka erst auf den zweiten Blick. Das Bild zeigte nur sein Gesicht und dieses war angeschnitten: zwei Drittel des Mundes, die Nase, ein Auge. Seine Lippen waren geschlossen, ein Lächeln nur angedeutet. Sein tiefbraunes Auge starrte mich herausfordernd an. Als wolle er sagen: Ja, ich bin's. Und jetzt?

Ich schickte ihm kommentarlos meine Telefonnummer. Den ganzen Tag über blieb ich eingeloggt, um zu sehen, ob er mir geantwortet oder wenigstens mein Profil angeklickt hatte.

Ich war mir sicher, er würde sich melden, wenn er die Nachricht sah, war mir sicher, er würde verstehen, dass meine

Flucht am Freitagabend nichts signalisieren konnte ausser der Tatsache, dass er kein gewöhnlicher One-Night-Stand war, bei dem man aus Bequemlichkeit liegen bleibt bis zum nächsten Morgen und die Zeiteinheit, die den Begriff erst ausmacht, somit ablaufen lässt.

Noch in derselben Nacht weckte mich mein Handy. Aber es war nicht er; es war meine Mutter, sie könne nicht schlafen und ausserdem zöge sie nach England zurück, wolle sich drüben zur Ruhe setzen:

To retire.

Von *tired* – müde.

Sie habe es mir schon lange sagen wollen, habe nur nicht gewusst, wie.

I'm going back to Brighton, wiederholte ich. Geht doch.

So einfach sei es nicht, meinte Mutter. Sie liesse nicht nur mich zurück, sondern auch sie.

Her, sagte sie, I'm leaving *her* as well.

Ihre Stimme klang wie in jener Hochsommernacht, als sie mich ebenfalls sehr spät angerufen hatte, um mir vom Tod der Grossen zu berichten: ruhig, fast kühl.

Ich übernachte bei einer Freundin, hatte sie damals gesagt, es gibt keine Züge mehr, Anschlussbusse ohnehin nicht, und ein Taxi würde ein Vermögen kosten; bleib in der Stadt.

Jetzt stellte ich mir den Stein vor, mit dem die Grosse nach ihrem Tod und für eine teuer bezahlte Ewigkeit besuchbar und dingfest gemacht wurde. Ein grosser Stein mit Platz für weitere Namen, obwohl Mutter schon gewusst haben muss, dass sie zurückkehren werde in ihre Heimat, früher oder später, und dass weder Vater noch ich je dort liegen würden. Trotzdem hatte sie in ein Familiengrab investiert, denn diese würden nicht umgepflügt und neu belegt nach zwanzig Jahren, wie sie beim Herrn Gemeindeschreiber in Erfahrung gebracht hatte. Ich sah sie vor seinem protzigen Schreibtisch sitzen, klein und stark zugleich.

Den Stein der Grossen habe ich nie gesehen. An der Beerdigung zierte ein schlichtes Kreuz aus billigem Holz das Kopfende des Grabs, ihr Name eingebrannt mit einem Kolben, wie wir ihn im Werken benutzt hatten, um hölzerne Kleiderbügel und Rüstbretter mit unseren Namen oder Muttertagswünschen zu verzieren; ein Platzhalter, einfach umzustossen mit einem einzigen Fusstritt – zack!

In dieser ersten Nacht wachte Jirka auf, als ich ihn von mir hinunterschob und mich anzog neben der Schlafzimmertüre, wo ich meine Kleider am Boden liegen gelassen hatte: die olivgrüne Bundeswehrhose aus einem Secondhandladen in Berlin, wo die Kleider dreizehn Euro das Kilo kosten; das hellgraue, verwaschene T-Shirt, das einmal dunkelgrau gewesen war; der schwarze Strickpullover mit dem V-Ausschnitt.

Ich bemerkte seine offenen Augen nicht, bemerkte nicht, wie er mir zuschaute beim Anziehen, wie er mich beäugte von der Seite.

Er hörte mich umhergehen in der Wohnung und wenig später im Flur, wo ich in meine dreckig weissen Turnschuhe mit den drei schwarzen Streifen schlüpfte und die Daunenjacke anzog.

Erst da schloss Jirka die Augen wieder, stelle ich mir vor: Das war's dann wohl.

Am nächsten Tag, als er verschlafen in die Küche schlurfte, zog sich eine Ameisenstrasse unter der undichten Türe zum Balkon durch, den er nur benutzte, um seine Müllsäcke zu deponieren, schlängelte sich den Boden entlang am Spülbecken vorbei, ein Tischbein hoch und auf den kleinen eckigen Frühstückstisch. Die Ameisen waren dabei, meinen Dank Korn für Korn abzutragen.

Jirka wollte wütend sein, weil er in den samstagsüberfüllten Supermarkt würde gehen müssen, um eine Ameisenfalle zu kaufen.

Aber er konnte nicht wütend sein, konnte das Grinsen nicht wegwischen von seinem Gesicht, auch nicht nach Minuten, den fertigen Kaffee in der Hand und obwohl ihn ekelt vor jeglichem Kriechtier.

Dass es um diese Jahreszeit keine Ameisen gibt, dass sich die Insekten im Herbst aufmachen ins Winternest mehrere Meter unter ihrem Hügel und in eine Art Starre verfallen, habe ich mir zuvor nie überlegt.

Erst jetzt erinnere ich mich an die Naturkundelektion, in der Herr Obrist uns erzählte, dass sich Ameisen Haustiere halten würden.

Während der kalten Jahreszeit gewährten sie den Blattläusen Unterschlupf in ihrem Nest, denn diese stellten Honigtautropfen her. Im Frühling, wenn die Sonne den Boden wärmt, wachten die Ameisen auf, würden ihre Läuse mit sich ins Freie tragen und hätten gleich etwas zu naschen.

Meine Hand schoss in die Luft, und ich schnippte mit den Fingern.

Chrömle?, fragte ich.

Ja, sagte Herr Obrist, naschen sei Hochdeutsch für chrömle.

In meinem Schönschreibheft repetierte ich unter H und seitenlang das Wort *Honigtautropfen*, ein Nomen, wusste ich, und unter N das Verb *naschen*.

Ich schaffe es nicht, mir dich als Kind, als Knabe vorzustellen. Ich schrumpfe dich ein auf Bubengrösse, deinen Torso schrumpfe ich ein in meiner Vorstellung.

Ich konzentriere mich und lasse deine Arme dürr und viel zu lang von deiner Seite baumeln, als wüsstest du nicht, was anfangen mit ihnen, alle Bewegungen nur abgeschaut, und die Beine zu lang für deinen Oberkörper, die Knie noch knochiger als heute, die Wadenmuskeln kaum vorhanden und über all dem dein Kopf: viel zu massig.

Deine millimeterkurz geschorenen Haare will ich wachsen lassen und weiss auch da nicht weiter: Sollen sie gekraust sein oder gerade?

Und die Augen – an den Augen scheitere ich vollends, denn es sind die grossen braunen, bereits enttäuschten Augen eines Erwachsenen, die mich anstarren aus deiner Kindheit heraus.

Nachdem er mir in der Spiegelnacht seinen Namen gesagt hatte, fragte ich Jirka, ob er je in der Tschechischen Republik gewesen sei.

Wir nannten sie immer nur die Tschechei, sagte er. Und ich war nur einmal dort, kurz nachdem die Grenze aufging. Ich war acht oder neun.

Ich fragte, ob es Bilder gebe.

Ich möchte alles sehen.

Nein, sagte Jirka. Es gab eine Karikatur von mir, die ein Künstler gezeichnet hat auf der Karlsbrücke in Prag, aber die habe ich in die Moldau geschmissen.

Er erzählte, dass er damals nicht gewusst habe, was eine Karikatur ist, und sehr wütend gewesen sei auf den Künstler, den er einen Depp gescholten habe.

Beinahe hätte ich geheult wegen der hässlichen Zeichnung.

Ich versuche mir vorzustellen, wie du als Knabe auf der Karlsbrücke stehst, das dicke Zeichenpapier zerreisst und die Fetzen in den Fluss hinunterregnen lässt.

Aber ich sehe erneut nur den erwachsenen Jirka, der sich über das Geländer beugt und zuschaut, wie sein Bildnis im breiten, stoisch dahinfliessenden Wasser verschwindet.

Sonst weiss ich nichts über deine Bubenjahre und auch nichts über deine Familie.

Vermutlich weil sie die einzige ist aus deiner Kindheit, die ich kenne, hat sich die Geschichte mit der Karikatur bei mir eingeprägt und verselbständigt, wie das die eigenen Erinnerungen oft tun, wenn man zu sehr an ihnen hängt und sie immer wieder abspielt, bis sie mit den Ereignissen, von denen sie ausgelöst wurden, nur noch wenig zu tun haben und dafür umso mehr mit der vagen Sehnsucht, es wäre aus der Summe der vergangenen Geschehnisse eine gänzlich andere Person gewachsen.

Fotos gibt es keine, weil die Sedláks in der Aufregung bei der Ankunft das ganze Gepäck inklusive der teuren Kamera des Vaters vor der Wohnung der Tante im Auto gelassen hatten. Als Jirkas Vater zwanzig Minuten später hinunterging, um die Taschen zu holen, war das Auto leergeräumt. Die Diebe hatten sogar die Familienpackung Klopapier geklaut, die Jirkas Mutter vorsorglich mitgenommen hatte.

Er würde sich nicht als Erster melden, dachte Jirka an jenem Samstag in seiner Küche, wenn ich schon keine Nummer hinterlassen hatte. Und als er sich im Verlauf des Nachmittags im Blauen Salon einloggte und meine Nachricht sah, mit der ich mein Versäumnis des Vorabends hatte wettmachen wollen, löschte er sie.

Heute weiss ich, weshalb du mir nicht geantwortet hast, und plötzlich ist es mein Gesicht, das du in Stücke reisst und in einen Fluss schmeisst.

3

Auf dem Weg zum Klo, zum zweiten Mal heute Abend, passiert dir ein Missgeschick, weshalb du auch meine Unterhose trägst. Dein Stuhl ist so flüssig, dass er dir an der Innenseite des Oberschenkels hinunter-, am Knie vorbeiläuft und von der Wade weg auf den gammeligen alten Linoleumboden im Flur tropft.

Meine Wohnung ist eine der wenigen im Haus, die nie renoviert wurden (vielleicht sollte ich das selber an die Hand nehmen), weshalb die Miete so niedrig ist (selber alles herausreissen und neu verlegen, damit die Miete niedrig bleibt) und weshalb ich in der Küche und im Flur noch den hässlichen, grau-weiss marmorierten Linoleumbelag habe. Der zerbeult ist, der sich wellt, der an einigen Stellen Blasen wirft. Und auf dem du wie festgefroren stehst und zitterst. Du kämpfst mit den Tränen. Ich packe dich an den Schultern, steuere dich ins Bad und samt Boxershorts unter die Dusche. Die Shorts schäle ich erst von deiner Haut, als das Wasser nicht mehr braun abfliesst. Dann hülle ich dich in zwei meiner weissen Frottiertücher. Du zitterst noch immer. Eisprinz, denke ich und küsse dich auf die Stirn, bevor ich dich langsam und gründlich trockenrubble.

Es stirbt niemand, sage ich im Schlafzimmer, und: Du solltest dich nur nicht erkälten jetzt.

Ich weiss, antwortest du, während ich die Decke aufschlage.

Ab in die Wärme!

Ich höre meine Mutter oder meinen Vater und alle Eltern aus allen Filmen, die ich je gesehen habe.

Ich hätte mir auch nicht gehorcht.

Du folgst mir zurück in den Flur, wo ich die Scheisse aufwische mit einem Handtuch und feuchtem Toilettenpapier aus dem Badezimmer, während du aus deiner Jackentasche eine ungeöffnete Packung Zigaretten, das Feuerzeug und schliesslich vom obersten Schrank in der Küche den geklauten Aschenbecher holst, den ich *nur für Gäste* im Haus habe.

Dieses Hier und Jetzt, das war es also, wovor du Angst hattest; ich werfe die dreckigen Feuchttücher ins Klo.

Ich habe Angst, hast du gesagt Anfang letzter Woche, und ich habe dich ignoriert.

Das Handtuch kommt zuunterst in den Wäschekorb.

Den Sonntag vor genau einer Woche und auch die Sonntagnacht hatten wir zusammen verbracht. Falls Jirka nervös gewesen war wegen des Resultats, das er in wenigen Stunden erhalten würde: Ich bemerkte es nicht.

Panik wäre angebracht gewesen, staune ich nun ob der Fähigkeit des Menschen zur Verdrängung.

Am Montagmorgen war ich direkt von seiner Wohnung aus zur Arbeit gefahren. Den ganzen Tag über liess er nichts von sich hören, obwohl wir uns für den Abend lose verabredet hatten.

Erst am Dienstagmorgen rief er an.

Ich bleibe im Bett, sagte Jirka, und: Es hat geschneit.

Es war gegen neun; ich schaute aus der Fensterfront der Redaktion.

Bei mir nicht.

Ganz bestimmt.

Ich starrte einen Moment lang weiter in den Himmel. Nicht einmal Regen sah ich, nur ein tiefhängendes, drückendes Grau.

Die Stadt sei bunt geblieben, die Flocken hafteten nicht, zerfielen auf dem Asphalt, auf den Dächern und auf den Autoscheiben seien die Flocken zerfallen, hätten nur Nässe hinterlassen.

Aber es hat geschneit, vor zehn Minuten, als ich aufgewacht bin.

Ich sehe ihn auf dem Sofa sitzen, noch schlafbetäubt und fiebrig glühend, und aus dem Fenster schauen auf den städtischen Hausberg, der eigentlich ein Hügel ist.

Die Tannenspitzen oben auf dem Berg waren weiss überpudert, sagte er.

Brauchst du etwas?

Ich sehe ihn die Hand ausstrecken, bevor er auflegt, und vom Schnee naschen. Er ist ein Eichhörnchen, stopft Puderzucker in sich rein, damit er fett werde für den Winter; dick und träge rollt er sich zusammen auf dem Sofa, rollt sich zusammen in seinem Astloch, seiner Höhle, wo er einschläft, und plötzlich: bin ich bei ihm und schmiege mich an seinen Körper – er spürt meine Wärme, ihm ist heiss –, aber gleichzeitig hört er mich von weitem, wie ich energisch die Schuhe abreibe auf der Fussmatte draussen vor seiner Tür, die Wohnung aufschliesse.

Es muss um die Mittagszeit sein, kombinierte Jirka – wenn

Patrick vorbeikommt, muss er Mittagspause haben, und ich bin eingeschlafen auf dem Sofa.

Erstmals benutzte ich den Wohnungsschlüssel, den er mir am Mittwochabend gegeben hatte. Jirka musste darauf bestehen, dass ich ihn nehme; ich wollte ihn nicht – nicht so früh, nicht schon in der zweiten Woche.

Ich legte einen Stapel DVD-Boxen auf den Sofatisch und fuhr ihm über die Stirn, bevor ich mir ein Glas Wasser aus der Küche holte.

Möchtest du etwas essen?

Ein Kopfschütteln.

Tee?

Nicht wirklich.

Aber du musst. Ganz viel Tee und den ganzen Tag, versprochen?

Wir waren Eichhörnchen, sagte er und erzählte vom Schnee, der Zucker war und den wir gegessen hätten, weil wir zu faul gewesen seien, nach Nüssen zu suchen.

Es hat nicht geschneit, sagte ich, nur geregnet.

Dort oben schon, sagte er, und: Schau, die Tannen!

Aber der Schnee, falls es ihn gegeben hatte, war weg: der ganze Hügel grün. Auf dem Aussichtsturm blinkte das Warnlicht nicht rot, sondern weiss und wie zum Hohn gegen den Nieselregen an, in den sich der Nebel kurz vor zwölf Uhr, und gerade als ich die Redaktion verliess, verwandelt hatte.

Ich stelle mir das Virus als fiesen kleinen Leuchtballen vor, der blinkend und gefrässig durch deine Blutbahnen kreist, schon am Wochenende unserer ersten Begegnung zu kreisen begonnen hat – gleich nach unserer nur angebrochenen Nacht –, und dein Körper, erschlagen von der Medikamentenkeule, die du am Tag zuvor, am Tag der Diagnose, zum ersten Mal genommen hast, wollte sich verkriechen in einem ewig warmen Winterschlaf.

Heute, nur eine Woche später, hast du dich bereits mehr oder weniger an die Pillen gewöhnt, nur der Durchfall will nicht aufhören und die Hitze, unter der du zu verglühen meintest auf dem Sofa, flammt immer wieder auf. Nacht für Nacht schwitzt du die Laken nass, deine oder meine.

Später wollte Jirka partout nicht in den Sinn kommen, wie die Serie hiess, die ich ihm mitgebracht hatte.

Aber dass es um Mafiosi ging in New Jersey, daran erinnert er sich.

Die Serie war lustig, wurde von Episode zu Episode immer lustiger und brutaler. Er hat sie von der ersten bis zur letzten Folge geschaut. Nur um aufs Klo zu gehen, ist er aufgestanden.

Am Abend brachte ich ihm Suppe vorbei in Tüten, aber er hatte keinen Appetit – wegen der Grippe, dachte ich.

Nicht einmal dein Arzt kann sagen, ob du dich in jener Woche aufgrund des Virus oder der am Vortag begonnenen Therapie krank fühltest.

Es lief die allerletzte Folge; ich setzte mich zu ihm.

Jetzt weiss ich, wie alles ausgeht, sagte ich während des Abspanns.

Auf dem Weg zurück ins Schlafzimmer stolpere ich über den Satz; er liegt auf dem Linoleum, wo ich gerade dein Missgeschick weggewischt habe, und leuchtet.

Jetzt weiss ich, wie alles ausgeht.

Und ja, ich hätte es wissen können, hätte ich dir nur zugehört, da auf dem Sofa:

Ich habe Angst.

Nur halbherzig zeigte er am Dienstag zum Fenster.

Dort oben hat es geschneit. Schau, die Tannen!

Und machte eine verwerfende Geste, als könne er den Hügel und die Bäume, könne den Aussichtsturm, den ganzen schmalen Streifen Panorama, den man sieht aus seinem Wohnzimmerfenster und über den Dächern der Häuser auf der gegenüberliegenden Strassenseite, wegwischen oder weissen mit einem einzigen breiten Pinselstrich.

Ich muss dir etwas gestehen, setzte er an.

Die DVD war zum Menü mit den Einstellungen zurückgesprungen: *Episodes, Subtitles, Extras.* Die Titelmusik wiederholte sich endlos.

Wie heisst er?, scherzte ich.

Hör auf, sagte er, während ich den Fernseher und den DVD-Player ausschaltete per Fernbedienung.

Aber du hattest Sex?

Mein Satz schnitt in die plötzliche Stille.

Ich habe Angst, antwortete er.

Spätestens da hätte ich etwas ahnen müssen, hätte aufhorchen müssen und aufwachen, anstatt zu sagen:

Zeit, dich ins Bett zu bringen.

Anstatt ihn ins Schlafzimmer zu tragen wie ein Bräutigam, der seine Braut über die Schwelle trägt: einen Arm unter den Kniekehlen, den anderen hinter seinem Rücken, die dazugehörige Hand in der Achselhöhle.

Spätestens da.

Aber ich bezog die Angst auf mich. Ich dachte, es sei eine jener diffusen, irrationalen Ängste, die einen überfallen, verbringt man den ganzen Tag krank zu Hause. Ich dachte: Er hat Angst, die Welt bleibt stehen und er für immer allein. Ich dachte: Er hat Angst, dass ich erneut gehe und diesmal endgültig.

Schlaf, sagte ich.

Als der Boden im Flur wieder sauber ist, sogar sauberer als sonst, und ich zurück ins Zimmer komme, hast du dich im Schneidersitz auf dem Bett eingerichtet und rauchst. Rauchst wieder, müsste ich sagen – es ist deine erste Zigarette seit Wochen. Nicht einmal als du die Arztpraxis verliessest am Montag, nicht einmal da hast du dir Zigaretten gekauft am Kiosk, der auf direktem Weg liegt von der Praxis zur Tramhaltestelle, wie mir auffallen wird, wenn ich dich in weniger als acht Stunden dahin begleite. Oder du mich. Denn ich weiss, was dieser Arztbesuch bedeuten könnte. Ich weiss es, aber ich sage nichts, weil es einfacher ist, mir um dich Sorgen zu machen als Gedanken über mich und morgen.

Jirka antwortete am Samstag nicht auf meine Nachricht mit der Telefonnummer, aber dass er sie gesehen hatte, wusste ich, Big Brother sei Dank.

Ich ging früh schlafen: Was hätte ich sonst mit mir anfangen sollen?

Um nicht allzu verzweifelt zu wirken, würde er ein paar Tage warten, bevor er sich meldete, redete ich mir ein. Aber bestimmt legte er sich mit meiner Nummer, gespeichert in seinem Handy, erleichtert ins Bett. Bestimmt war ihm, als hätten sich alle Gedanken in seinem Kopf zu Gefühlen verdichtet und seien ob des Gewichts in seinen Bauch gerutscht, wo sie nun lagen, feist und warm wie meine eigenen.

Diesmal weckte ich ihn nicht, weil ich ging, sondern weil ich kam, mitten in der Nacht vorbeikam und Sturm klingelte unten an der Haustüre.

Gerade nachdem ich eingeschlafen war, hatte mich mein Handy wieder aufschrecken lassen. Jirka, dachte ich mit Ausrufungszeichen. Aber es war meine Mutter.

I'm going back to Brighton.

Zwanzig Minuten später drückte er mir die Haustüre auf und torkelte zurück ins Bett. Ich sagte nichts zur Begrüssung, schloss die Wohnungstüre leise, streifte mir die Turnschuhe sachte ab, anstatt sie durch den Flur zu kicken, wie ich das heute meistens tue, zog mich aus.

Jirka wusste nicht, was denken, ausser: rewind.

Dass ich die vergangene Nacht zurückspulte, das Anziehen zum Ausziehen machte und das Gehen zum Kommen, wie ich zu ihm unter die Decke schlüpfte und er mich vom Rücken auf die Seite stupste, damit er sich von hinten an mich schmiegen konnte.

Er schob eine Hand unter meine Taille.

Sie wird einschlafen, ging mir durch den Kopf, ich drücke mit meinem Gewicht seine Blutzufuhr ab – ein Körperteil ist immer im Weg, egal wie man sich dreht oder wendet.

Lange bewegte er sich nicht, und es entstand etwas, das mir wie eine Kunstpause vorkam. Dann begann er zu zittern. Von den Beinen, an meine gepresst, bis zu den Schultern in meinem Rücken zitterte sein ganzer Körper. Ein Schluchzen brach aus ihm hervor, aus seinem Mund, den er in meinem Nackenhaar vergrub, ein abgehacktes, stakkatoartiges Schluchzen. Ich wollte mich zu ihm drehen, sein Gesicht in meine Hände nehmen, ihn mit Küssen übersäen, aber er drückte mich von hinten fest an sich, wie ein Ringer seinen Gegner auf der Matte umklammert hält; ich kam nicht los und versuchte, meinen Körper so gut es ging zu entspannen.

Nach einer Weile beruhigte er sich etwas, weinte leise vor sich hin. Schliesslich ein sanfter Biss in meine Nackenhaut. Jirka rollte sich auf den Rücken und zog seinen Arm unter mir hervor. Ich drehte mich ebenfalls auf den Rücken und suchte seine Hand.

Nebeneinander lagen wir da und starrten an die in der Dunkelheit nicht erkennbare Decke, starrten ins Schwarze. Hin und wieder ertappte er sich dabei, wie er zudrückte und meine Finger zusammenquetschte, bis seine eigene Hand schmerzte.

Wir schliefen ein, nur um Stunden später wieder aufzuwachen – ein Knäuel: Arme, Beine ineinander verschlungen, ich auf ihm oder er auf mir, Zungen. Er spuckte sich in die Hand und suchte meinen Schwanz. Ich stiess zu. Er wollte, kam es mir vor, dass ich ihm weh tue. Er wollte, dass ich etwas beseitige in ihm.

So muss es gewesen sein. So war es für mich. Wie es für dich war, kann ich mir nur vorstellen. Immer wieder stelle ich mir vor, wie es für dich hätte sein können, bis diese Vorstellung in der Wiederholung wahr, beinahe materiell wird.

Am Sonntagmorgen schlich Jirka aus dem Schlafzimmer, wollte die Türe hinter sich schliessen, um mich nicht zu wecken mit seiner Morgenroutine.

Bitte lass auf, sagte ich und klemmte mir die Bettdecke zwischen die Beine, damit das eine Bein nicht das andere berühre.

Ich legte mich auf den Bauch und roch am Kissen, lauschte den Geräuschen aus der Wohnung.

In der Küche kochte Jirka genug Kaffee für zwei. Meinen Zuckergruss hatte er schon am Vortag weggewischt und auch die Ameisen, die es nie hat geben können, waren verschwunden.

Wenig später stand ich neben ihm und starrte in die Tasse, die er mir gereicht hatte, als wisse ich nicht, was ich mit der braunen Brühe soll.

Ich hatte den Überblick verloren über die Nächte und die dazugehörigen Tage.

Freitag Yoga, danach zu ihm. Samstag zu Hause aufgewacht, dann die Nachricht mit der Telefonnummer. Samstagnacht –

Heute ist Sonntag, sagte ich.

Im Nachhinein könnte ich Jirkas Schweigen füllen mit den Gedanken, die ihm durch den Kopf gegangen sein müssen – seine eigene Freitagnacht, nachdem ich verschwunden war, sein Aufwachen am nächsten Tag, nicht allein und nicht zu Hause, später mein Klingeln, mein Zurückkommen.

Sorry, dass ich einfach –

dass ich –

Trink, sagte Jirka.

Er ging mir voraus ins Wohnzimmer, wo wir uns aufs Sofa setzten und den ganzen Sonntag blieben, ausser er zog mich hoch und mit sich unter die Dusche. Oder zurück in die Küche, um uns Essen zu machen: im Backofen gerösteter Toast mit Schinken, Schmelzkäse, Senf und Pfeffer. Mehr war nicht da. Er sagte:

Morgen müssen wir einkaufen.

Das Wir ging ihm allzu leicht über die Lippen; er erschrak ob sich selbst.

Musst du nicht arbeiten?

Wir machen blau, sagte er.

Die improvisierten Croque Monsieurs krachten, als wir in sie hineinbissen; noch lange wird er Brosamen finden in den Sofaspalten.

Kein Wort über sein Weinen.

Die Grosse und ich, wir liegen in einem Feld von Futtermais auf dem Rücken. Es ist Samstag und der erste Tag der Sommerferien. Wir haben uns Schnäuze geklebt mit den Fasern eines Maiskolbens und lassen unsere Seelen in den Himmel steigen, als seien es Drachen an endlos langen Schnüren. Eine Seele ist blau und die andere rot.

Auf einmal zittert die kühle, harte Erde unter uns, und wir hören von viel zu nahe das Rattern eines Mähdreschers. Wir springen auf und rennen los in irgendeine Richtung. Sogar die Grosse ist zu klein, um über den mannshohen Mais in die Welt hinauszuschauen: Mais, überall nur Mais und ein Deckel aus Himmel.

Wir haben die Orientierung verloren, rennen im Zickzack und schneiden uns die Arme auf an den messerscharfen Maisblättern und die Füsse an den spitzen Steinchen. Der Mähdrescher kommt näher und näher, häckselt alles klein unter sich, hält an. Der Bauer hat uns gesehen; er zieht uns die Ohren lang und bis nach Hause. Mutter wartet beim Auto. Sie packt uns wortlos und barfuss hinein.

Auf der Autobahn weht uns roter Staub entgegen und knirscht unter den Scheibenwischern. Mutter meint, der Staub komme aus der Sahara, was Wüste heisst in einer anderen Sprache, wissen wir. Sie hat wieder zu reden begonnen.

Sahara, sage ich, und sie sagt:

We'll make it on our own.

Erst als ich ansetzte, Jirka von der Grossen zu erzählen, die eigentlich Monica hiess mit C anstatt K, die Erinnerung an jene

Sommerferien und den Mähdrescher im Kopf – erst da fiel mir die buchstäbliche Ironie des Schicksals auf: Es war ein Landwirtschaftsgerät, das ihr das Leben gekostet hatte.

Ich will alles wissen, meinte Jirka am Sonntagmorgen auf dem Sofa.

Und ich erzählte. Zum ersten Mal erzählte ich von meiner Schwester und wie sie Mutter hatte besuchen wollen eines Abends im Sommer dieses Jahres. Wie sie mit ihrer Hundertfünfundzwanziger, einer Honda, glaube ich –

Scheisse, ich weiss nicht mal das, sagte ich.

Wie Monica mit ihrem Motorrad vom Nachbardorf die Kantonsstrasse lang nach Trauten gefahren war und dort um die blinde Ecke beim Gemeindehaus direkt in einen Traktor, der aus der entgegengesetzten Richtung kam.

Mutter ging die Leiche identifizieren. Sie rief erst Stunden später an; ich war bereits im Bett gewesen.

Gesagt hat Mutter nicht viel, ihre Stimme war ruhig, fast kühl.

Wer die Kurve beim Gemeindehaus zu stark schnitt, konnte laut Polizeirapport und Mutter nicht abschliessend geklärt werden. Dass beide die Kurve schnitten, ist ebenfalls laut Polizeirapport klar. Von der Honda, wenn es denn eine war, blieb nicht viel übrig; der Traktorfahrer trug nur Schrammen davon. Meine Mutter sagte, Monica sei nie zu schnell gefahren.

Nie.

Von Urs, mit dem ich in jener Zeit zusammen gewesen war, erzählte ich Jirka nichts.

Es gibt im Quartier eine kleine italienische *Beiz*, wie wir sie nennen, wo ich immer meinen Lieblingsplatz mit der Eckbank bekomme, wenn ich früh genug reserviere, und wo ein Teller Pasta mit Salat, einem Glas Hauswein und einem Espresso zur Mittagszeit einen runden Zwanziger kostet. Aber es war abends, ich hatte länger gearbeitet als geplant und es versäumt, im Restaurant anzurufen, weshalb ich auf dem Heimweg kurz vorbeischaute. Mario war am Kochen, wirbelte in der offenen Küche herum.

Gibt's noch Platz für zwei?, fragte ich über die Theke gleich beim Eingang hinweg. In einer halben Stunde?

Signor Patrick!, sagte Mario. Due?

Ich beeilte mich, nach Hause zu kommen und unter die Dusche.

ok um halb acht, schrieb ich Jirka per SMS.

Er war schon da, als ich ins Restaurant zurückkam, sass an einem leeren Vierertisch in der Mitte des Raums. Ich begrüsste ihn. Mario eilte aus der Küche herbei, rieb sich die Hände an der Schürze trocken.

Das geht natürlich nicht, sagte er, ihr kommt hier drüben hin.

Er zeigte auf den Tisch in der Ecke, auf dem eine kleine Schiefertafel lag: *Riservato*, stand mit Kreide geschrieben.

Ich schlüpfte auf die Bank und Mario zog für Jirka den Stuhl unter dem Tisch hervor.

Bitte, sagte er, und: Scusi, ich wusste nicht, dass du zu ihm gehörst.

Kein Problem, antwortete Jirka.

Während der Vorspeise blieb er still. Wir hatten einen grossen *Insalata della Casa* bestellt, einen gemischten Salat, garniert mit Antipasti, den wir uns teilten. Er pickte die Streifen sonnengedörrter Tomaten (so stand es auf der Speisekarte) aus dem Salat und legte sie auf meiner Seite auf den Tellerrand.

Bist du viel im Netz?, fragte Jirka, als Mario wieder abgezogen war und nachdem er sich versichert hatte:

Tutto bene bei euch?

Früher oder später kam die Frage immer. Aber diesmal kam sie eher früh als spät, diesmal kam sie bereits an unserem zweiten Dienstagabend.

Die Frage bedeutete: Ich habe gesehen, dass du dich täglich einloggst im Blauen Salon. Ich habe gesehen, dass dein Beziehungsstatus weiterhin mit *Single* angegeben ist, und ich möchte wissen, ob du –

ob wir –

Ich wusste auch, wie meine Antwort ausfallen würde:

Ich habe ein paar Bekannte, mit denen ich nur via Netz in Kontakt bin. Aber wenn es dir wichtig ist, kann ich meinen Status ändern. Ich wollte dich nur nicht vor den Kopf stossen. Ich konnte ja nicht wissen, ob du das überhaupt willst. Ob wir überhaupt –

Es geht doch nicht um den Status.

Um was dann?

Dass ich nicht weiss, wo ich stehe bei dir.

So liefen diese Gespräche immer ab zwischen Frischverliebten, meinte ich zu wissen.

Was ich nicht wissen konnte, war, dass Jirka ein schlechtes Gewissen hatte. Haben musste. Dass er nur abwägen wollte, ob er es vermeiden könne, mir von der Ursache seines Gewissens, dem schlechten, zu erzählen.

Bist du viel im Netz?

Ich musste lachen. Meist war ich es, der fragte, der immer alles wissen, auch nach allfälligen Eskapaden immer alle Details erzählt haben wollte: War er hübsch? War er gross? Beschnitten? Behaart? Wie war es? Sag! Aber ich hatte gelernt, immer nur einmal alles wissen zu wollen, alles immer nur einmal erzählt zu bekommen, weil ich auch schon so lange in der Erinnerung eines anderen herumgestochert hatte, tagelang, bis seine Erzählung zwischen uns gestanden hatte, übergross in meiner Vorstellung und als ein Etwas, das als singuläres Erlebnis des anderen in meinem Kopf wichtiger schien, als die Summe der gemeinsamen Erlebnisse es je hätte sein können.

In der Beiz – ich war sicher, Jirka ging es ähnlich. Wohl meinte er, wenn ich nichts erzählte, so habe ich bestimmt etwas zu verheimlichen. Nichts Schnelles, Flüchtiges, sondern etwas Stetiges, Fiebriges, das ich nicht aufgeben wollte, weshalb ich es auch verstecken musste vor ihm. Etwas, das vor seiner Zeit begonnen und vor dem er Angst hatte, dass es über seine Zeit hinaus Bestand haben würde. Etwas, hinter dem er den Grund für mein Gehen in unserer ersten Nacht vermutete.

Was lachst du?

Es ist nichts, sagte ich.

Wie kannst du lachen?

Ich stellte mir vor, wie sich alle Bilder, die er sich ausgemalt hatte, alle Befürchtungen, nein Gewissheiten, entluden, denn er hob die Stimme und sagte:

Wie kannst du hier sitzen, verdammt, und mir ins Gesicht lachen, wenn ich dich frage –

nachdem ich –

nachdem du –

Die anderen Gäste in dem inzwischen vollen Restaurant versuchten, an ihren Tellern kleben zu bleiben, ihre eigene Konversation aufrechtzuerhalten, weiterhin mit ihren Messern und Gabeln die angebrachten Geräusche zu erzeugen, die signalisierten, dass sie uns nicht zuhörten, Jirka nicht zuhörten, der immer lauter geworden war und wütend den Kopf schüttelte, hin und her schüttelte: Dass das so nicht gehe, dass es unmöglich sei, dass er –

dass ich –

dass –

Mann! Ich weiss auch nicht.

Und es eine Sekunde lang still blieb im Restaurant, bevor alle zum nächsten Satz anhoben, alle zusammen wie choreographiert, damit die Inszenierung weitergehen konnte, die *Auswärts Essen* hiess.

Ich nahm mir vor, Mario darauf hinzuweisen, dass etwas Hintergrundmusik möglicherweise keine schlechte Idee sei.

Was hast du bloss, sagte ich, und zwängte unter dem Tisch einen Fuss zwischen seine verschränkten Schenkel.

Die Hauptspeisen kamen.

Sorry, sagte Jirka, und: Vergiss es. Wenigstens weiss ich jetzt, dass man mit dir streiten kann.

Wir mussten beide schmunzeln, hielten lange des anderen Blick.

Würdest du mitkommen, meine Grosseltern besuchen?, fragte ich.

In jenen Sommerferien ist die Kindheit von mir abgefallen wie Schnee vom Autodach gen Süden.

We'll make it on our own, sagt Mutter und bittet sechs Autostunden später doch jemanden um Hilfe für das Zelt und ganz ohne Französisch.

Die Grosse darf in ihrer Turnhose schlafen (der flauschigen, auf die ich eifersüchtig bin), weil wir den Pyjama vergessen haben und als Schuhe nur Gummistiefel tragen oder barfuss gehen.

Ich schlüpfe nackt unter den Schlafsack, der aussieht wie eine Tierhaut. Ich habe alle Reissverschlüsse geöffnet und benutze ihn als Decke. Mutter ist die Kraft schon über dem Bunsenbrenner ausgegangen, als dieser nicht angehen wollte; sie protestiert nicht. Draussen lärmen Erwachsene um das Feuer, an dem wir kurz zuvor und freundlicherweise, wie Mutter sagte, unsere Büchsenbohnen wärmen durften und den Toast rösten: Essen aus ihrer eigenen Kindheit jenseits des Ärmelkanals, erzählte sie, während wir die fremden weissen Bohnen und die Tomatensosse, in der sie schwammen, mit verkohlten Toastscheiben in unsere Münder schaufelten und mit der Zunge gegen den Gaumen drückten.

Diesen einen Sommer haben wir uns abgewechselt mit Weinen, und als wir zurückkommen, weiss ich, Vater wird weiterhin wegbleiben, egal wie nahe seine neue Wohnung liegt am anderen Ende des Dorfes.

Die Bezirksschule begann; ich war allein und fühlte mich erwachsen.

Sobald ich konnte, verliess ich mein Elternhaus, das keins mehr war. Ich zog aus der mittelländischen Enge in das gleichnamige Quartier in der grossen Stadt – endlich Zürich. Vorübergehend fand ich ein Dachzimmer mit Seesicht im Haus einer alten Jüdin, einer kinderlosen Witwe, und entdeckte die Szene, das Tanzen, die Nächte, das Aufwachen in fremden Wohnungen und das Arbeiten in verschiedenen Gelegenheitsjobs nur fürs freie Wochenende.

Die Grosse blieb in Mutters Nähe.

Sie braucht mich, sagte sie.

Aber alle drei wussten wir, dass es umgekehrt war.

Wenn du deine Eltern oder deine Schwester in einer Bar anträfest, fragte ich mich oft, würdest du sie kennenlernen wollen?

Ich redete mir ein, dass es in Ordnung war, darauf mit Nein zu antworten.

Jirka war früh aufgestanden an unserem ersten Montag, hatte die Türe zum Schlafzimmer einen Spalt weit auf gelassen. Ich hörte das Wasser im Badezimmer, dann Geräusche aus der Küche und wie er bei der Arbeit anrief. Er meldete sich krank.

Wie schon am Vortag stellte ich mich hinter ihn mit meinem eigenen Telefon. Ein gespieltes *Huch!*, als sei er erschrocken.

Das hast du ernst gemeint?

Was denn?

Blaumachen.

Aber sicher. So schnell lass ich dich nicht wieder ziehen.

Ist das eine Drohung?

Ja.

Kannst du?, fragte ich und streckte ihm mein Handy hin.

Auf dem Display war *FNA Hauptnr.* zu lesen. Jirka konnte nicht wissen, was die Abkürzung heisst, fragte aber nicht nach und drückte auf die grüne Taste.

Ewig nahm niemand ab. Eine Schreckenssekunde lang dachte ich, dass ich falsch geschaut hatte auf dem Arbeitsplan und ich hätte Frühdienst gehabt – die Redaktion nun leer.

Endlich antwortete jemand.

Ohne zu zaudern, aber auch ohne mir in die Augen zu schauen, sagte Jirka, Patricks Partner sei am Apparat. Erst da fiel mir ein, dass er meinen Nachnamen nicht kannte.

Patrick ist stark erkältet und hat Magenkrämpfe, sagte er und nach einer kurzen Weile: Danke ebenfalls.

Er drückte auf den roten Knopf und gab mir mein Handy zurück.

Wir fanden keine Worte für das, was wir spielten, für das, was wir offenbar brauchten: nicht allein, vielleicht sogar ein Paar zu sein.

Jirka zog mich ins Bad, wir duschten gemeinsam, und ich

fragte mich, ob man eine Tätigkeit, wenn man sie zweimal auf dieselbe Art verrichtet, bereits eine Gewohnheit nennen kann.

Zeigst du mir nachher, wo du den Zuckerstreuer geklaut hast?

Wasser rann mir in den Mund.

Wie wusstest du das?

Also stimmt's?

Ich bückte mich und drehte die Temperatur etwas wärmer, dann zog ich ihn näher zu mir, damit wir beide unter den Strahl zu stehen kamen.

Vom Tisch in meine Tasche ist er geflogen, förmlich geflogen, ganz von sich aus.

Zeig mir, wo. Zeig mir alles, sagte ich und begann ihn einzuseifen, so gut es ging unter dem laufenden Wasser.

Er hob die Arme über den Kopf und presste sich an mich. Wir gerieten ins Wanken, versuchten, uns aneinander festzuhalten, fielen fast um. Wir lachten. Er nahm unsere beiden Schwänze in die Hand, und ich spürte, wie wir anschwollen, spürte Blut pochen. Ob es mein Blut war oder seins, spürte ich nicht.

Er liess los und wir lieferten uns einen Schwertkampf, bei dem keiner gewinnen konnte, bis unsere Schwänze schmerzten von den Schlägen und unsere Gesichter vom Lachen. Jirka drehte sich mit dem Rücken zu mir, die Hände in der Luft:

Ich gebe mich geschlagen.

Dann ein lautes:

Au!

Ich zog zurück, weil ich dachte, ich sei zu schnell eingedrungen in ihn.

Das brennt, sagte Jirka. Da muss noch Seife –

Ich küsste ihn auf den Nacken, die Schultern, nahm die Brause und duschte ihn gründlich ab, bevor ich den Wasserhahn zudrehte.

Schon fertig?, fragte er.

Nein, sagte ich und ging in die Knie.

Wenig später stiegen wir am Hauptbahnhof aus dem Tram und schlenderten Richtung Paradeplatz und See die Bahnhofstrasse hoch.

Wir stellten fest, dass wir beide für eine Agentur arbeiteten, er für eine Bild- und ich für eine Nachrichtenagentur. Dass in unseren beiden Bekanntenkreisen fast niemand eine körperliche Arbeit verrichtete. Und dass die Innenstadt eigenartig leer war an einem Montagmorgen, stellten wir ebenfalls fest – und wir waren zwei Geister, trieben unbemerkt unseren Schabernack.

Ich erzählte ihm von der FNA, was für *Financial News Agency* stehe, und von Sylvie – unserer kleinen, schlanken Fee aus upstate New York.

Sylvie hat eine leise, tiefe Stimme und einen grossen, haarigen Grundschullehrer als Mann, dessen Name ich ständig vergesse. Ich habe ihn nur drei oder vier Mal gesehen, immer zu unserer Weihnachtsfeier.

Jedes Jahr betraten die beiden Arm in Arm den Raum, seine behaarte Pranke auf ihrer Schulter, begaben sich mit je einem Glas Weisswein in eine Ecke, von der aus sie alles überschauen konnten, und wichen nicht mehr von der Stelle oder einander von der Seite.

Bevor sie zur FNA kam, war Sylvie Head of Corporate Communications am Europasitz eines grossen amerikanischen Chemiekonzerns gewesen und hatte eine zehnköpfige Mannschaft unter sich. Sie betonte, dass es eine Mannschaft gewesen war und sie die einzige Frau. Das Wort *Team* mochte sie nicht.

Someone's gotta be the boss; it's as simple as that.

Ich sah zehn eingeschüchterte Anzugträger, die Sylvie mit ihren schwerberingten Fingern herumdirigierte, immer die Ruhe wahrend und sich ihrer betörenden Wirkung bewusst, die auf Understatement beruhte und mit jedem dunkel schwingenden Wort aus ihrem Mund unterstrichen wurde. Dass sie nicht mehr Boss war, schien ihr nichts auszumachen. Manchmal beobachtete ich minutenlang ihre Hände, wie sie über die Tastatur tanzten.

Als der Chemiekonzern seinen europäischen Hauptsitz nach Frankreich verlegte, entschieden Sylvie und ihr Mann, in der Schweiz zu bleiben, weil er in einem ausländischen Schulsystem kaum eine Anstellung finden und Sylvie keinen Hausmann haben wollte, der den ganzen Tag auf sie warten würde.

Und die Krise?, unterbrach Jirka.

Die braucht uns, damit wir über sie schreiben, meinte ich und verschwieg ihm, dass es ursprünglich Sylvies Satz gewesen war.

Sie hatte ihn geäussert, als die vormalige Hypothekenkrise in den USA bereits zur globalen Wirtschaftskrise ausgewachsen war.

The crisis needs us to write about it, hatte Sylvie wörtlich gesagt.

Wir wussten, dass sie recht hatte. Ausserdem war die Konsolidierungswelle in der Finanznachrichtenbranche schon vor Jahren über uns hinweggerollt. Zuerst hatten die grössten drei Anbieter ein paar kleinere geschluckt, bevor sich die Nummer eins und die Nummer zwei in einem spektakulären Deal zusammenschlossen. Die FNA war verschont geblieben. Angst um unsere Stellen hatten wir keine.

Wir spazierten weiter. Jirka schoss Bilder mit seinem Handy.

Schau hier, sagte er und deutete auf das Display: Wie diese Fassade die Drähte der Tramlinie schneidet – die Komposition ist nicht schlecht, dafür die Lichtdramaturgie umso schlimmer.

Er würde dem Bild höchstens die Note sechs geben, meinte Jirka. Zehn sei das Maximum und ein so bewertetes Bild erscheine automatisch in der Rubrik *Editor's Pick.* Ausserdem käme es auf die technische Qualität an sowie Relevanz.

Was auch immer das heissen mag.

Ich bin offiziell auch Editor, sagte ich, obwohl ich nur schreibe und nichts ediere.

Nachdem er die Bilder benotet habe, müsse er sie mit Schlagwörtern, sogenannten *Keywords* oder *Tags*, versehen.

Glasfassade, urban, Bürokomplex, Geisterstadt …

Immer unter Berücksichtigung der gängigsten Schreibarten und -fehler, damit die Bilder auch dann gefunden würden, wenn sich jemand vertippe. Danach stelle er sie ins Netz, wo andere Agenturen, Werbeagenturen, PR-Agenturen, Marketingagenturen, sie suchen, kaufen und herunterladen könnten.

Im Editorialbereich sind wir noch recht schwach, sagte Jirka, unsere Bilder verirren sich selten in ein Printprodukt.

Geht mir ähnlich mit meinen Texten, sagte ich. Und wenn sie mal irgendwo gedruckt werden, dann ersetzen sie jeweils das persönliche Kürzel mit dem der Agentur: FNA.

Wie lautet deins?

PAT.

Es gäbe drei mögliche Schemata, um das Kürzel zu generieren, meinte mein Chef gleich am Morgen meines ersten Arbeitstags. Er sagte tatsächlich *Schemata* und *generieren*.

Man könne entweder die ersten drei Buchstaben des Vornamens nehmen oder nur die ersten beiden Buchstaben des Vornamens plus den ersten Buchstaben des Nachnamens oder aber, wenn man einen Mittelnamen habe, die drei Anfangsbuchstaben der drei Namen.

Dann hattest du ja Glück, dass du Patrick heisst, sagte Jirka.

Das meinte mein Chef auch. Bei Ihnen ist der Fall klar: P-A-T. Aber bitte nach dem dritten Schema, habe ich geantwortet. Er verstand nicht.

Ich auch nicht.

Kannst du gar nicht. Ich habe dir nämlich nicht erzählt, dass ich ebenfalls Andreas heisse mit zweitem Vornamen, genau wie du.

Du verarschst mich.

Ich zog eine Visitenkarte aus meinem Geldbeutel und streckte sie ihm hin.

Bitte, sagte ich.

Patrick A. Troesch, Editor, las Jirka. Verheimlichst du mir sonst noch was?

Wir entwickelten ein Spiel. Wenn wir etwas Bildwürdiges sahen, blieben wir stehen und beschrieben es anhand möglicher Schlagwörter. Zum Beispiel die Mutter, die trotz der Kälte und alleine vor einem der beiden Cafés am Paradeplatz sass. Die Tische waren bereits zusammengekettet. Die Frau reckte ihr Gesicht in die spärlichen Sonnenstrahlen, die es zwischen den Gebäuden hindurchschafften, während sie zuerst gierig an einer Zigarette zog, um den Rauch danach genüsslich und kraftvoll in die Luft zu pusten, als wolle sie Seifenblasen produzieren. Vor ihr stand ein perfekter, noch unangerührter Latte macchiato, neben ihr ein Kinderwagen.

Ein Berlin-Bild, sagten wir. Berlin-Mitte.

Und als wären wir schon seit Ewigkeiten ein Paar mit unzähligen geteilten Erinnerungen:

Da könnte man auch mal wieder hin.

Wir schossen los mit allen Begriffen, die uns in den Sinn kamen:

Mutter.

Kind.

Kinderwagen.

Buggy.

Café.

Latte macchiato.

Rauchfrei.

Nichtraucher.

Babyboom.

Allein erziehend.

Und so fort, bis wir nicht mehr konnten oder nur einer von uns nicht und der andere somit gewann. Ich glaube, es war Jirka.

Wir setzten uns im zweiten Lokal ans Fenster.

Hier war es, sagte er.

Was?

Schau dich um …

Es dauerte eine Weile, bis ich begriff: der Zuckerstreuer.

Tatsächlich stand auf jedem Tisch ein dickbauchiger Behälter aus Glas mit einem metallenen Verschluss und Schnabelöffnung, neben den Streuern jeweils ein gläserner Aschenbecher, nicht grösser als der Boden einer kleinen Trinkflasche. Ich zeigte auf denjenigen vor uns:

So einen wolltest du nicht mitgehen lassen?

Jirka schmunzelte und beobachtete meine Hand, die sich über den Aschenbecher legte und ihn bis zur Tischkante zog.

Ich liess das Diebesgut in meinen Schoss fallen, während Jirka sich bückte, als wolle er etwas suchen in seinem Rucksack unter dem Tisch. In derselben Bewegung griff er nach dem Aschenbecher und liess ihn verschwinden.

Am nächsten Tag wird er zum ersten Mal zu mir nach Hause kommen. Er wird Bier mitbringen. Er wird die Dosen aus dem Rucksack holen, den Aschenbecher finden und mir schenken, obwohl ich nicht rauche.

Für Gäste, wird er sagen.

Wir bestellten zwei Milchkaffees. Nachdem wir bedient worden waren, deutete ich auf die beiden Grossbanken, die den Paradeplatz säumen:

Da gehen meine Texte hin, auf die Terminals der Händler.

Klingt wie am Flughafen.

Computer. So verdienen wir unser Geld: Anzahl Händler- und Analystenterminals, auf denen unser Dienst abonniert ist. Ich stelle sie mir immer als kleine Jungs vor, meine Leser, verkleidet als erwachsene Männer in teuren Anzügen, die Casino spielen. Mittags kannst du sie hier beobachten, wie sie ihre blonden Frauen zum Essen ausführen.

Nachdem ich auf Reisen gewesen und in England hängengeblieben war, bis mir das Geld ausging, schrieb ich als fester Freier für eine Schweizer Jugendzeitschrift Reportagen. Eine Bekannte meiner Mutter arbeitete für die FNA und hatte erfahren, dass ich wieder im Land war. Sie hinterliess eine Nachricht auf meinem Telefonbeantworter, ich solle sie bitte zurückrufen. Sie suchten einen englischsprachigen Journalisten mit Aufenthaltsbewilligung oder Schweizerpass. Aus Kostengründen, wie ich später herausfand, denn hätten sie jemanden aus der Zentrale in New York geholt, dem *Maindesk*, wäre das viel teurer geworden (Umsiedlungskosten, Wohnungszuschlag, *Home Leave* einmal jährlich, internationale Krankenversicherung, möglicherweise eine Familiennachzugspauschale plus die ganze aufwendige Administration).

Nach der anfänglichen Euphorie, am Puls von etwas zu sitzen, etwas zu bewegen, mit meinen Informationen den Markt beeinflussen zu können, merkte ich schnell, dass man in meinem neuen Beruf von der Börse gar keine Ahnung zu haben braucht.

Die Sache sei ganz einfach, behaupte ich jeweils, wenn mich wer fragt – es gibt nur zwei Möglichkeiten: Aktien steigen entweder oder sie fallen. Meist aufgrund von Gerüchten. Es wird gemunkelt, eine Bank verkaufe endlich ihre Versicherungssparte? Der Kurs steigt. Am nächsten Tag verkauft die Bank tatsächlich die Versicherung, die beiden Parteien vereinbaren jedoch Stillschweigen über den Preis? Der Kurs fällt – aufgrund des Gerüchts, dass die Bank von der Käuferin zu wenig bekommen, die Versicherung unter Wert verkauft habe.

In den Gerüchten und Erwartungen liegt die Macht, Realitäten zu kreieren, und nicht etwa in den harten Fakten, die den Börsenbewegungen öfter hinterherhinken, als dass sie ihnen vorauseilen.

Wir hatten das Lokal längst verlassen und waren am See angekommen.

Was, wenn dich jemand sieht?, fragte ich.

Das sei unwahrscheinlich, sein Büro befände sich im hässlichsten aller Gebäude in Zürich West und also weit genug weg.

Je länger der Tag andauerte, desto mehr kam er mir vor wie

aus der Zeit gehoben und eingepackt als Geschenk mit einer grossen roten Schleife.

Wir spazierten über die Quaibrücke und kamen am Café Odeon vorbei, wo ich in meinen ersten Zürichjahren ganze Wochenenden verbracht hatte.

Ich musste an Urs denken und an den vergangenen Sommer. Wir waren ebenfalls am Limmatquai entlangspaziert, kurz bevor wir einander verliessen. So wie ich nun mit Jirka spazierte, nur war mittlerweile Spätherbst, und wir hielten uns an den Händen.

Was versuchst du dir zu beweisen?, hörte ich die Grosse fragen, dicht an meinem Ohr. Do you think you'll make it this time?

Das Geschenkpapier zerriss.

Es war, als sei die Luft um mich herum geronnen zu einer dickflüssigen Masse, die ich unter grosser Anstrengung in mich hineinsaugen musste, anstatt sie atmen zu können, und der Belag des Trottoirs eine zähe Brühe, durch die ich vorsichtig waten musste, um nicht hineingezogen zu werden wie in einen Sumpf oder Treibsand.

Nur in meinem Kopf, Meilen weiter oben, nur die Gedanken in meinem Kopf und im Gegensatz zu meinen Füssen: beschwingt und schon fast in den Wolken.

Obwohl Jirka neben mir ging, schielte ich ständig zur Seite, um mich zu vergewissern, dass er noch da war und die Grosse wieder weg.

Das ist meine Lieblingsbrücke, sagte ich kurz vor dem Central: der Mühlesteg.

Ich blieb stehen.

Was ist?, fragte Jirka.

Nur eine Erinnerung.

Ich zog ihn weiter und über die schmale grüne Fussgängerbrücke mit ihren Aussichtsplattformen: kleine erkerähnliche Ausbuchtungen. Am anderen Ende setzten wir uns auf eine Bank. Die Nässe, mit der sich die Holzleisten vollgesaugt hatten, drückte nach kurzer Zeit durch unsere Hosen.

Es gab ein einziges Foto von der Grossen auf meinem Handy. Ich fischte das Gerät aus meiner Tasche, öffnete die Datei mit dem Bild und hielt Jirka das Telefon hin.

Beschreib sie mir, sagte ich.

Das Foto war bei ihrem letzten Besuch entstanden. Sie posierte auf dem Mühlesteg, Hand auf der Hüfte, und genau dort, wo Urs und ich ein paar Wochen später auseinandergingen. Hinter ihr ragte der braun schimmernde Turm eines Hotels in den Himmel.

Hat da nicht Michael Jackson gewohnt?, hatte sie gefragt.

Mein Handy imitierte das Geräusch einer alten analogen Kamera.

Als er ein Konzert gab im Hallenstadion?

Im Letzigrund, wenn schon, sagte ich.

Es sind nicht die letzten Sätze, die wir gewechselt haben, die Grosse und ich, aber es sind die letzten, an die ich mich erinnern kann.

Beschreib sie mir.

Was soll ich sagen? Sie ist schön – sie hat ein schönes Gesicht.

Sie war fett und hässlich, antwortete ich und sprang auf. Ausserdem ist es zu kalt.

Eine der ersten Erinnerungen, in der weder meine Mutter noch mein Vater vorkommen, muss sich lange vor jenen Sommerferien in Frankreich abgespielt haben.

Your dad is in the army, antwortete Mutter auf unsere tägliche Fragerei.

Viel zu oft war Vater im Militär und wochenlang.

Mutter ist ausgegangen und hat uns erstmals alleine gelassen vor dem Fernseher und mit den Nummern einiger Nachbarn sowie jener unserer Nan in Brighton auf einem Zettel an der Pinnwand, obwohl wir deren Nummer längst auswendig können, internationale und lokale Vorwahlen inklusive.

Für den Notfall, wie wir sagen.

Und der auch eintritt: Wir haben uns Halsschmerzen herbeigeredet und sind sicher, dass uns nur jemand helfen kann, der weit genug weg ist, um das ungeheuerlich schöne und gleichzeitig bedrohliche Gefühl der Selbständigkeit nicht zu stören.

Ich hebe den Hörer und die Grosse drückt langsam und vorsichtig die richtigen Tasten, als habe sie Angst, das Gerät könne explodieren. Der Signalton in meinem Ohr ist laut und die Stille danach ist das Rauschen des Meeres in der Muschel, die bei Mutter auf dem Nachttisch liegt und von dort kommt, wohin wir nun anzurufen versuchen.

Meine Schwester lässt mich mit dem Hörer in der Hand im Wohnzimmer zurück und stellt sich in der Küche vor den

Herd, um Milch warm zu machen, ohne Honig, weil dieser zu hoch oben im Schrank verstaut ist – auch für die Grosse und auch mit Hocker.

Als wir klein waren, hatten wir nicht immer alles, aber immer mehr als genug: warme Milch mit Honig bei Halsschmerzen; einen Nachbarshund, der uns in die Lippe biss und ins Ohr; einen Nachbarn, der uns Zigaretten gab, mit denen wir die Härchen auf unseren Unterarmen versengten, und wer mutig genug war, brannte sich ein kreisrundes Loch in die Haut wegen der Blase, die man zum Bersten bringen konnte mit zwei Fingern und einige Tage später; eine Wasserschneckenzucht.

Wir hatten auch zwei Meerschweinchen, beide hiessen sie Pieps, die der Bauer vom Nachbarhof an die Stallwand knallte wie jedes Jahr die jungen Kätzchen, nachdem wir Asthma entwickelt hatten als allergische Reaktion auf Tierhaare und Hausstaubmilben.

Vater sagte, der Tierarzt habe die Meerschweinchen eingeschläfert.

Anstelle der beiden Piepse lebte im Kinderzimmer fortan ein kleiner kabelloser Staubsauger – zwar nicht in einem Stall, aber er hatte seine eigene Dockingstation, wo er aufgeladen werden konnte (schlafen, nannten wir das). Mit der verblassenden Erinnerung an die Haustiere verwandelte sich der Staubsauger in ein Raumschiff, aber nicht bevor wir die toten Meerschweinchen auf dem Miststock gefunden hatten, wie wir auch alle Kätzchen immer fanden, wenn wir lange genug mit der grossen Gabel im kotverklebten Stroh herumstocherten. Weil wir uns nicht entscheiden konnten, wer Kapitän unseres Staubsaugerraumschiffes sein durfte, schlug Mutter vor, es könne doch zwei geben:

A Mister Captain and a Misses Captain.

Wir hatten eine Geheimsprache, die unsere Klassenkameraden nicht verstanden, und wir hatten eine normale Sprache für die Schule, die allmählich zur zweiten Geheimsprache wurde zwischen uns Kindern und Vater.

Zwei Schulranzen hatten wir: einen aus Kalbsleder mit Fell und einen aus Kalbsleder ohne Fell, dafür rot eingefärbt und mit Maja-Bienen drauf, obwohl wir sicher waren, dass es nur eine Biene Maja gab. Die Ranzen, meinte Vater, werde er nach unserer Primarschulzeit aufbewahren und sie uns erst zu unseren Hochzeiten wiedergeben voller Geschenke. Wir dachten an Süssigkeiten und spielten Heiraten, wobei einer zusätzlich den Priester stellte.

Und wir hatten unser eigenes Maisfeld, in dem wir uns jenen Sommer so lange verstecken wollten, bis die Ferien vorbei waren, um die Reise ohne Vater nach Frankreich zu verhindern.

Ich bin sicher, wir hätten es geschafft – wäre da nicht der Bauer gewesen mit seinem Mähdrescher.

4

Oberhalb deiner Schulterblätter, die herausstechen wie kleine Flügelknochen, spriessen ein paar einsame schwarze Haare. Ich zupfe eines aus, du sagst *Au!*, und ich mache den dir längst bekannten Witz, du seist so spärlich behaart, dass man den einzelnen Härchen Namen geben könnte. Du lachst nicht. Ich schaue dich an und glaube, dich ganz umfassen zu können, wenn ich beide Hände um deine Taille lege und fest zudrücke. Dennoch und obwohl du dich selber *Spargel* nennst: Zerbrechlich bist du nicht. Du magst aus kantigen Knochen bestehen und hervorquellenden Adern, aus dünnen Muskeln wie filetiert, ohne ein Gramm Fett, aber über alldem spannt sich eine dicke Haut, auf der ich es nur selten schaffe, Spuren zu hinterlassen, wenn wir uns aneinander austoben. Du befürchtest, dass wir das nun nicht mehr tun werden.

Wie ich dich so anschaue: Wir kennen uns seit drei Wochen. Das reicht, um sich zu verlieben, aber genug für Liebe –

Ich weiss es nicht.

Alle Abende, die wir zusammen verbracht haben, und viele waren es nicht, verschmelzen zu einem einzigen, der sich ausdehnt bis spät in die heutige Nacht, in der wir versuchen, das Geschehene in Worte zu fassen.

Wenn ich zurückdenke und obwohl erst wenig Zeit verstrichen ist: Ich kann die Nachricht meiner Mutter, sie verlasse die Schweiz, und dein Geständnis heute Abend, kann die Tage nicht mehr voneinander trennen: Sie wohnen im Spiegel an jenem Punkt, den ich nie werde erreichen können, auch wenn ich die Hand ausstrecke, denn auch diese Hand, der Arm, zerspringen wie Glas und werden fortgetragen in tausend Teilen mit der Geschwindigkeit des Lichts. Manchmal frage ich mich, ob die beiden Geschehnisse einen Zusammenhang haben, voneinander abhängig sind oder gar alles mit dem Tod der Grossen verknüpft ist, frage mich, ob dieses und jenes Eine vorgefallen wäre ohne das Andere.

Wenn ich zurückdenke: Ich komme nicht umhin, mir auszumalen, wie es für dich war.

An allen Abenden brachte Jirka Bier mit, weil er wusste, dass ich zu Hause keinen Alkohol habe. Er zog die vier Halbliterbüchsen aus seinem Rucksack, und wir konnten es kaum erwarten, die kondensfeuchten, kalten Dosen in die Hand zu nehmen, den Verschluss aufzuziehen und uns den ersten gierig-grossen Schluck hinunterzuschütten.

Wir redeten kurz über den Tag, die Arbeit, Freunde, Nichtigkeiten.

An allen Abenden setzte sich einer auf des anderen Schoss. Meist war ich es, obwohl ich der Schwerere bin.

Draussen dämmerte es bereits, wir hatten gerade auf Winterzeit gewechselt: die Bäume im Innenhof kahl, filigrane Scherenschnitte vor beleuchteten Fenstern und darin das eine oder andere Gesicht, Menschen, Nachbarn am Telefonieren, Fernsehen, Kochen, irgendwo Nachbar Albert mit seiner

Musik – und alle konnten sie zu uns reinschauen, wie wir in meiner Erdgeschosswohnung zu zweit auf einem Stuhl am Küchentisch sassen und Bier tranken.

Bis ich seinen Kapuzenpullover auszog, das T-Shirt, Unterhemd.

An allen Abenden sass ich noch immer rittlings auf seinen Oberschenkeln, streichelte seine Rippen, beugte mich vor, leckte eine seiner Brustwarzen und in einer langsamen Linie mit der Zunge bis in seine Achselhöhle, stand auf und zog ihn hoch, hoch:

Komm!

Mit mir ins Schlafzimmer, wo er sich aufs Bett legen wollte, die Bierbüchse noch in der Hand. Ich hielt ihn am Hosenbund fest, öffnete seinen Gürtel, zog ihm die Hose bis an die Knöchel hinunter. Jirka legte sich hin. Ich zog ihm die Hose ganz aus, die Socken; jetzt war er nackt, splitternackt und dünn lag er auf den kalten Laken. Gänsehaut. Ich war komplett bekleidet, sogar die Schuhe hatte ich noch an, weil ich Hausschuhe verabscheue und Socken im Winter nicht genug wärmen in meiner Erdgeschosswohnung. Ich bückte mich, nahm ihm die Bierdose ab. Jirka wollte nach mir greifen, mich zu sich ziehen, aber ich wich ihm aus, richtete mich auf, nahm genüsslich einen Schluck. Jirka schmunzelte: Wir kennen uns gut.

Eigentlich kennen wir uns nur so.

An allen Abenden legte ich mich erst jetzt zu ihm, auf ihn, und noch in der Bewegung streifte ich mir die Turnschuhe ab. Die Socken und alles andere behielt ich an.

(Nicht, weil ich mich für meinen Körper schäme, etwa für den kleinen Bauchansatz, der gar nicht mehr so klein ist, seit ich dreissig geworden bin, und von dem Jirka beteuerte, er fände ihn sexy – Das weisst du, sagte er, iss mehr! –, sondern weil es zu unserem Spiel gehört.)

Ich packte seine Unterarme, drückte sie zusammen und umschlang beide Handgelenke mit einer Hand. Ich hielt ihn fest, damit er sich nicht wehren, mich nicht ausziehen konnte, um endlich meine Haut zu spüren auf seiner.

Wenn ich lange genug wartete, ihn nicht küsste, ihn nur festhielt an den Handgelenken und an ihm herumkaute und leckte und drückte, fing er an, sich zu winden unter mir, und immer wieder liess er diesen Laut los, der ganz tief aus seiner Bauchhöhle zu kommen schien und kein Stöhnen mehr war, sondern schon ein Wimmern. Der Laut machte mich rasend, feuerte mich an und gleichzeitig bremste er mich, liess mich noch langsamer werden, noch länger warten, liess mich Jirka noch fester in meinen Griff bekommen, bis er nur noch *Bitte!* flüstern und ich nichts mehr sagen konnte.

Ich frage mich, ob es ein Zögern gab, schon Samstagnacht oder am Sonntag, Montag und bei allen anderen Malen, ein Flackern in deinen Augen – ein Moment, in dem du an deinen Besuch im Höllenhaus dachtest, wie wir es mittlerweile nennen. Oder ob du am Samstagmorgen, der auf deine Ansteckung folgte, ob du nach diesen ersten tauben Sekunden gleich nach dem Aufwachen aus einem komatösen Katerschlaf, in denen man nicht weiss, wo man ist und was man gemacht hat und mit wem, ob du, sobald die ersten Bilder sich in dein Bewusstsein vordrängten, die Ereignisse wegsperrtest, sie in ein früheres Leben verbanntest, an das du nie mehr denken wolltest, nie mehr denken würdest: weg.

Aber ich weiss, dass es so nicht gewesen sein kann, spüre noch dein Zittern an meiner Brust in dieser zweiten Nacht, höre dich schluchzen in meinen Nacken hinein, immer leiser.

Damals war ich mir sicher, dass du weintest, weil ich zurückgekommen war, dass du vor Erleichterung weintest, und ich war dir dankbar.

Ich hatte die drei Sommertage zwischen dem Tod der Grossen und ihrem Begräbnis bei Urs verbracht. Am Morgen vor der Abfahrt musste ich lachen, obwohl mir zum Heulen zumute war, wie ich vor dem Spiegel stand in dem schwarzen Hemd, das er mir zur Anprobe gereicht hatte. An mir sah es aus wie ein Nachthemd oder eines dieser Gewänder, die Männer in arabischen Ländern tragen.

Wir waren spät dran, weil ich lange mit meinen Kontaktlinsen gekämpft hatte im Badezimmer: Die eine Linse fiel mir ständig vom Finger, ich musste sie mehrmals aus dem Waschbecken klauben und aufs Neue säubern.

Als wir aus dem Tram stiegen, steuerte Urs zielstrebig auf den H&M zu. Dort schnappte ich mir das erstbeste schwarze Hemd der Grösse M. Ich müsse es nicht anprobieren, sagte ich. An der Kasse legte Urs zwei Sonnenbrillen – *Special Summer Saver!* – zu je die Hälfte von vier Franken neunzig dazu. Ich bezahlte mit meiner Karte. Draussen vor dem Laden bissen wir die Plastikdrähte durch, mit denen die Preisschilder an den Brillen befestigt waren. Urs passte sie gut, für meinen schmalen Schädel war die Brille viel zu breit.

Inkognito, flüsterte ich.

Sagst du etwas bei der Beerdigung?, fragte er, als wir zum Bahnhof eilten.

Ich schüttelte den Kopf.

Die Tage zuvor hatte meine Mutter nicht aufgehört, mich anzurufen. Beim ersten Mal holte Urs mein Handy aus dem Schlafzimmer, wo ich es liegen gelassen hatte nach ihrem nächtlichen Anruf mit der Nachricht, die Grosse sei umgekommen.

Er streckte mir das Telefon hin.

Ich will nicht.

Du musst.

Er hörte mich nur ja oder nein sagen und einmal:

Wie soll ich das wissen?

Am Nachmittag dann stand fest: Die Bestattung würde in zwei Tagen erfolgen.

Überhaupt steht schon alles fest, sagte ich zu Urs. Die Blumen, die Psalmen, das Menü – wie sagt man? Leichenschmaus … Wie kann man nur?

Und sie sei wie immer, meine Mutter.

Ja nichts an sich heranlassen, lieber Tischkärtchen schreiben.

Die folgenden Male, als mein Handy klingelte, antwortete ich manchmal und manchmal nicht. Einmal schloss ich mich im Badezimmer ein, wo Urs mich murmeln hörte und dann gegen etwas treten, gegen die Kloschüssel oder eine Wand.

Weshalb willst du nicht reden in der Kirche?

Ich war ausser Atem, weil wir so schnell gingen, und hoffte trotzdem, wir würden den Zug verpassen.

Als ich mich eingeschlossen habe im Bad? Da habe ich Mutter gesagt, ich würde nicht kommen, wenn sie auf einer kirchlichen Feier bestünde. Wir müssten sie einäschern und uns auf ein Motorrad setzen und die Asche verstreuen im Fahrtwind. Don't be an idiot, meinte sie.

Urs schaute auf die grosse Abfahrtstafel in der Halle des Hauptbahnhofs. Unser Zug war zuoberst aufgelistet. Wir hatten noch zwei Minuten Zeit.

Aber jetzt fährst du hin, sagte er.

Mein Blick war seinem gefolgt.

Gleis achtzehn, sagte ich.

Um von Zürich nach Trauten zu gelangen, muss man vierzig Minuten mit der Bahn fahren und dann in einen Bus umsteigen.

Im Zug lehnte ich meinen Kopf an Urs' Schulter. Der Bügel meiner neuen Billigsonnenbrille drückte mir während der ganzen Fahrt in die Schläfe. Ich mochte mich nicht regen, um sie mir abzunehmen.

Ich komme zum ersten Mal zurück, sagte ich, als wir in den Bus stiegen. Zum allerersten Mal.

Der Buschauffeur war derselbe, der uns jeweils Süssigkeiten schenkte, als wir noch im Kindergarten waren und Chauffeure noch Süssigkeiten verteilen durften.

Ich habe sie nie besucht, sagte ich. Beide nicht. Mutter

nicht in Trauten und die Grosse nicht im Nachbardorf. Sie mussten immer in die Stadt kommen, wenn sie mich sehen wollten.

Was machst du in so einem Kaff?, hatte ich die Grosse oft gefragt. Mutter kommt allein zurecht.

Im Bus berührten Urs und ich einander nicht mehr; sein Nacken, die Schultern waren verspannt von der Zugfahrt und meinem schweren Kopf. Ich sass ihm gegenüber, fuhr rückwärts, was mich nie gestört hat. Urs wurde dabei immer schlecht. Überhaupt mochte er Busse nicht, besonders keine doppelgelenkigen. Er hatte immer das Gefühl, sie würden in der nächsten Kurve umkippen. In der Stadt nahm er wann immer möglich ein Tram.

Jetzt schaute Urs hinter den getönten Gläsern seiner Sonnenbrille aus dem Fenster hinaus, wie der Bus die Strassen meiner Kindheit und Pubertät entlangfuhr.

Immer wieder mein Zeigefinger: dort der Radweg vom Dorf in die Stadt und zur Bezirksschule, da der Wald mit seinen Verstecken für Räuberlis und später fürs Rauchen.

Nach der gut einstündigen Reise standen wir in Trauten vor der ökumenischen Kirche oben auf dem Hügel. Die Kirche (Backstein, Beton, dunkelblaue Metallverstrebungen) hatten sie in meinem Geburtsjahr gebaut. Für die Taufe reichte es nicht, für die Sonntagsschule im Keller ein halbes Jahrzehnt später leider schon.

Meine Mutter begrüsste mich mit einem Kuss auf die Wange, sprach kein Wort, um die Trauer nicht zu entlarven.

Die Ränder unserer Brillen prallten gegeneinander und alles schien wie im Film. Urs schüttelte sie die Hand. Er sagte:

Mein Beileid.

Sie war kleiner geworden, seit ich sie vor Monaten zuletzt gesehen hatte, und gleichzeitig aufgedunsen, als habe sie sich dick gefressen an zu schweren Erinnerungen an die Grosse.

Mit dem Einsetzen der Pubertät hatte sich meine Schwester verschanzt hinter ihrem eigenen Fleisch, nur um sich nach wenigen Monaten wieder herunterzuhungern bis aufs Skelett. Und von vorne wie ein Jojo: dick-dünn, dick-dünn. Während ihrer ersten Fettphase versuchte ich Schritt zu halten, nahm aber nicht zu, blieb schmächtig, bis in der eigenen Pubertät die ersten Muskeln erschienen, die ich erstaunt betrachtete im Badezimmerspiegel, da ich nichts tat für meinen Körper und später sogar vom Turnunterricht befreit wurde. Auch habe ich oft und solidarisch versucht, mit der Zahnbürste an meinem Halszäpfchen zu kratzen, bis ich kotzen musste, wenn sich die Grosse gerade wieder einer Abmagerungskur unterzog. Es hat nie funktioniert.

Der Trauergottesdienst wurde von einem alten reformierten Pfarrer mit sanfter Stimme gehalten. Ein Pfarrer, an den ich mich nicht erinnern konnte, der zwar die Grosse und mich gekannt haben mochte, dem ich aber trotzdem nicht zuhören wollte, weil er nichts wusste, nichts wissen konnte, ausser das, was man ihm eingeflüstert hatte.

Ich sass zwischen Mutter und Urs, hielt seine Hand und

massierte mit meinem Daumen seine Haut, als wolle ich die Linien auf seiner Handfläche löschen, sein Schicksal glätten. Stellvertretend für meins oder für das der Grossen?

Ich liess die Sonnenbrille auf – Take those stupid glasses off!, hatte mir meine Mutter zugeraunt, als wir uns hinsetzten – und meinen Blick dahinter von der hohen, holzgetäfelten Decke über die dreckigen, dunkelblau eingefassten Fenster auf den Terrakotta-gekachelten Boden schweifen, über die leeren Holzstühle mit den aus Bast geflochtenen Sitzflächen in der ersten Reihe neben uns Angehörigen, wo hinzusetzen sich niemand getraut hatte, über die grelle Schäfchenkunst an den Wänden. Die Kirche war scheussliche Architektur von vor dreissig Jahren.

Und ich war ein Scheusal – Punkt.

Am Telefon vorgestern hatte mich Mutter angefleht, eine Rede zu halten, wenigstens ein Gedicht vorzutragen, ein Lied mitzubringen.

You know what kind of music she liked.

Ich sagte nicht einmal nein, sagte nur und zum wiederholten Mal:

She wasn't religious.

Und dass das Ganze eine Farce sei, wie sie wisse.

Denn die Grosse war schon nach dem ersten Monat aus der Sonntagsschule ausgestiegen, aus dem sich immer schneller drehenden Pflichtenkarussell bis zur Konfirmation, sogar vom Religionsunterricht in der Schule hatte sie es als eine der Ersten im ganzen Kanton geschafft, sich suspendieren zu lassen, obwohl sie weder Muslimin war noch Pfingstadventistin.

Sie hatte lernfrei bekommen mit Mutters Einverständnis, was hiess, dass sie in einem leeren Schulzimmer sitzen musste und für andere Fächer büffeln.

Wie habe Mutter, nach den vielen Elternabenden zum Thema, den Sitzungen mit den Behörden, den Vieraugengesprächen mit dem Lehrer, wie habe Mutter das vergessen können?

Amen, sagte der Pfarrer.

Amen, hallte es durch den Saal.

Ich liess Urs' Hand auch draussen nicht los, auf dem Friedhof, wo niemand Erde ins Grab warf, wie ich mir das vorgestellt hatte. Nur wenige Gäste starrten uns an. Vielleicht trauten sie sich ob des Anlasses nicht, oder es hatte sich längst herumgesprochen, dass ich mit einem Freund und nicht einer Freundin kommen würde.

Boyfriend, Mum. Not just any friend – boyfriend, hatte ich zu Mutter gesagt.

I didn't know you had one.

Da am Grab fragte ich mich, ob ich Urs nur deshalb gebeten hatte mitzukommen: um Mutter zu provozieren.

Aber als wir nach der Beerdigung wieder auf dem Kirchplatz standen und warteten, bis etwas passieren würde, bis sich alle versammelt hatten, wusste ich auf einmal, weshalb er da war: um den anderen zu beweisen, dass ich es geschafft hatte, ich selbst zu werden.

Und sie waren alle gekommen, die anderen: meine Kameraden aus der Primarschule, die zum Teil auch meine Kameraden in der Bezirksschule wurden; die restlichen Schüler meiner Oberstufe aus den anderen Dörfern im Einzugsgebiet der Schule; diejenigen aus der Klasse der Grossen; Lehrer, Eltern, Unbekannte. Der Kirchplatz war zum Pausenplatz geworden, und auf dem Friedhof spielten wir Schulhof, auf dem wir Friedhof spielten.

Mein Beileid, sagten sie alle.

Sagten nach zwanzig Jahren:

Wenn ich irgendwie helfen kann …

Ich sagte:

Danke.

Herr Obrist, mein Primarlehrer, kam herüber und schüttelte mir die Hand. Ich stellte ihm Urs vor. Dann meinte Herr Obrist, ich solle ihn doch bitte René nennen.

Renés Händedruck war fest und auch als Erwachsener waren seine Hände Pranken, während mir alles andere viel kleiner vorkam: geschrumpft die scheussliche Kirche; geschrumpft das schlichte Betonschulhaus dahinter mit den Fingerfarbenlandschaften an den unteren Fensterreihen, eingeteilt in die vier Jahreszeiten; geschrumpft der rechteckige Anbau der Turnhalle.

Ich sah Renés lange, dicke Finger an der schwarzen Trillerpfeife, ich hörte die Medizinbälle aufprallen am harten Boden mit den vielen farbigen Linien, von denen ich nie gewusst hatte, welche für welches Spiel galten. Ich sah Renés hellgraue Turnhose mit der auf und ab hüpfenden Beule, wenn er als Schiedsrichter in der Halle hin und her rannte, und ich sah ihn nach der Turnstunde oben ohne in der Garderobe stehen, um zu kontrollieren, ob wir auch wirklich alle duschten. Bei den Mädchen tat er dasselbe, bis einige Eltern sich beschwerten. Danach kam er nur noch zu uns Knaben. An den Abenden nach den Turnstunden vergrub ich den Kopf in meinem Kissen und stellte mir vor, es sei Renés Schoss, in den er mein Gesicht presste hinter der schweren Schiebetüre des Turngeräteschuppens. Ich rieb meinen Schwanz an dem rauhen Frotteeüberzug der Matratze und wartete auf den weissen Schleim, von dem ein paar Buben zu erzählen begonnen hatten. Bei mir kam nichts; entweder ich rieb mich wund, bis ich einschlief, oder ich weinte eine Weile vor mich hin.

René Obrist trug trotz der Sommerhitze einen Anzug aus dunkelbraunem Manchesterstoff, darunter ein schwarzes Hemd. Ich fragte mich, ob er nur diesen einen, schweren Anzug besass. In ihm fühlte er sich sichtlich unbequem.

Sonst schüttelte mir niemand die Hand. Alle wollten sie mich umarmen. Vielleicht zum Beweis, dass sie keine Berührungsängste hatten, obwohl ich *so* geworden, vom anderen Ufer ins Dorf zurückgekehrt war.

Daniel wollte mich umarmen, der beste Athlet der Bezirksschulklasse, der es zum Kantonspolizisten geschafft hatte und in der Dusche nach dem Sport immer vor allen urinierte:

Passt auf, ich piss euch ans Bein!

Und bei dem eine Gruppe von uns die Pornos seines Vaters schaute am Wochenende, wenn seine Eltern nicht zu Hause waren, und einer nach dem anderen in sein Schlafzimmer verschwand, um zu wichsen.

Ich zog jeweils meine Unterhose aus und spuckte sie vorne nass, weil man beweisen musste, dass man gekommen und mir das in der ersten Klasse der Oberstufe immer noch nicht gelungen war.

Daniel trug eine schwarze Anzughose und ein kurzärmliges, nachtblaues Hemd. Er hielt eine schwarze Lederjacke lässig über die Schulter geworfen. An den Füssen schwarze Lederhalbschuhe.

Die Zwillinge, Jens und Niels, wollten mich umarmen. Sie waren mit ihrer älteren Schwester Sari gekommen, die eigentlich Serena hiess, aber früher ein Faible für bunte Tücher gehabt hatte. In der Schule bildeten sie eine Band. Niels spielte Schlagzeug, Jens Gitarre und Sari sang. Ich war verliebt in beide Zwillinge und konnte sie als einer der wenigen auseinanderhalten. Dank ihnen gehörte ich zu den Coolen, zur Clique, die mit Sari und ihren Freunden herumhängen durfte. Sari ging eine Klasse über uns zur Schule, wie auch die Grosse, die mich nur in ihrem Dunstkreis duldete, weil Sari mich mochte. Mit den Zwillingen versteckte ich mich im zweiten Jahr der Oberstufe tatsächlich im Geräteschuppen der Turnhalle. Wir legten uns auf den Stapel Gymnastikmatten und holten uns gegenseitig einen runter. Mittlerweile klappte es auch bei mir. Erst als Niels meinte, mit dem Mund, das ginge zu weit, er sei doch nicht schwul, war Schluss mit unseren Schulschäferstündchen, und ich kam nur noch einmal in das, was ich damals schon als Genuss erkannte, aber nicht anerkennen wollte.

Wir mussten für den Biologieunterricht ein Herbarium anlegen und waren alle viel zu spät dran. Am Mittwochnachmittag vor der Abgabe am Freitag gingen Jens und ich in den Wald, um das fehlende Kraut zu sammeln. Niels wollte nicht mitkommen. Er fände das Nötige in der wilden Ecke ihres Gartens.

Zum ersten Mal schluckte ich Sperma. Mein eigenes spritzte auf Jens' Schuh und den Waldboden. Er stiess mich weg und rannte davon.

Er bedankte sich nicht, als ich ihm am nächsten Tag das Biologiebuch zurückgab, das er im Gestrüpp vergessen hatte. Auch war ich nicht länger willkommen in der Clique um Sari. Die Grosse versuchte herauszubekommen, was vorgefallen war. Ich schwieg und zwang meine Mutter, mich vom Turnunterricht dispensieren zu lassen, vordergründig wegen des Asthmas, das mir der Dorfarzt attestiert hatte. Ich übte Druck aus, indem ich mir die Essstörung der Grossen zum Vorbild nahm und zwei Tage lang nichts (oder nur heimlich) ass. Mutter unterschrieb. Niemand erfuhr, dass ich nicht von den Turnstunden, sondern vom Duschen befreit werden wollte.

Und jetzt waren sie alle da. Ich hielt demonstrativ Urs' Hand. Alle sollten sie sich bewusst werden, dass mein Schicksal ihnen erspart geblieben war – und ihres mir. Denn ich war der Einzige, der in der Stadt lebte. Sie waren alle in der Nähe geblieben oder aber zurückgekommen von ganz weit weg, wo sie sich eine Weile ausgetobt hatten, weil man das nach der Matura oder dem Lehrabschluss, spätestens nach der Uni, so machte. Heute war Sängerin Saris einziges Tuch das Foulard eines grossen Schweizer Ferienanbieters, für den sie als Reiseberaterin arbeitete. Ihre Brüder und Bandmitglieder Jens und

Niels waren Musiklehrer geworden. Manchmal spielten die drei zusammen bei Hochzeiten oder Geburtstagsfeiern in Waldhütten und Vereinslokalen.

Meiner Mutter hatte ich eingeschärft, sie müsse Wirtschaftskorrespondent sagen, wenn sich jemand im Dorf nach meinem Beruf erkundigte, und nicht einfach nur Journalist.

An der Beerdigung trug Sari einen langen schwarzen Rock mit passender Bluse. Die einzige Extravaganz war ein smaragdgrüner Hut mit brauner Feder. Die Zwillinge trugen identische dunkelgraue Anzüge. Ich fragte mich, ob der Anlass eine Ausnahme war, oder ob sie die Gewohnheit, jeden Tag genau dasselbe anzuziehen, tatsächlich und noch immer nicht abgelegt hatten.

Urs und ich, wir trugen als einzige Jeans. Meine etwas dunkler als seine, aber, wie Mutter korrekt bemerkte, eben doch Jeans.

You're the only ones not dressed properly.

I'm not going to fight with you, antwortete ich.

Meine übergrossen Feinde der letzten beiden Bezirksschuljahre waren auf Menschengrösse zusammengeschrumpft, waren Spiesser geworden; ich fühlte mich überlegen und stark. Gleichzeitig kam ich mir dreckig vor.

Ich wollte mich hinknien auf den Waldboden, die dürren Äste und knorrigen Wurzeln spüren, das modrige Laub und Jens' Schwanz in meinem Mund, wollte angepisst werden von Daniel nicht nur unter der Dusche, mich treten lassen von seinen Uniformstiefeln und liegen bleiben.

Nach den Beileidsbekundungen, dem Händeschütteln, den Umarmungen marschierte die Trauergemeinde geschlossen in die *Tränke*, wie die Bewohner das einzige Restaurant im Dorf nennen und wo Mutter den hinteren Saal reserviert hatte. Jene, die mit dem Auto gekommen waren, liessen es stehen auf dem gemeinsamen Parkplatz von Kirche und Schule.

Passen Sie auf ihn auf, sagte Mutter in perfektem Deutsch zu Urs, als ich meinte, wir wollten ein bisschen spazieren gehen.

Sie betonte jedes Wort, so dass kein Satz zustande kam, höchstens eine Frage.

Ich hatte es nie gemocht, wenn sie Deutsch sprach. Noch heute klingen ihre Sätze in meinen Ohren wie jene auf den Kassetten, die sie aus der Abendschule mitbrachte: kurze Sätze, viel zu langsam gesprochen und artifiziell.

Zu einem Sprachkurs hatte sie sich erst aufgerafft, nachdem Vater uns verlassen hatte.

Urs und ich gingen in einem grossen Bogen auf der einen Seite des Hügels hinunter Richtung Wald, dessen Rand im Sommer von Maisfeldern gesäumt wird, spazierten eine Weile am Waldrand entlang und auf der anderen Seite des Hügels wieder hinauf.

Endlich allein, zogen wir die schwarzen Hemden aus, um die Sonne zu spüren, und steckten sie hinten in unsere Hosenbünde.

Dort, wo gerade noch Urs' Hemdkragen gewesen war, guckte der blaue Echsenkopf unter dem Trägershirt hervor, um seinen linken Ellbogen kringelte sich der schuppige Schwanz. Das Nasenpiercing hatte er herausgenommen.

Ein älterer Herr blieb auf dem Feldweg stehen, als wir an ihm vorbeigingen, starrte uns an – uns und unsere ineinanderverflochtenen Hände.

Pädos!, zischte er.

Uns müsse man die Eier abschneiden.

Wir sagten nichts. Beim Schulhaus angekommen, legten wir uns auf der kühlen Rutschbahn des Kletterturms auf den Rücken, ich zwischen Urs' Beinen, den Kopf auf seinem Bauch, die Augen geschlossen. Ich hörte es rumoren da drin. Wir hatten nur wenig gegessen am Morgen.

Hinter uns lag Trauten und roch nach Tod.

Als Urs und ich die Tränke betraten, war die Trauer längst geschmolzen. Die Tränen waren nahtlos übergeschwappt in frohe Erinnerungen. Die Runde war angetrunken, Frohsinn hatte die Oberhand gewonnen. An einem Ecktisch klopften ein paar ältere Bekannte, langjährige Nachbarn, einen Jass. Mutter schwirrte von Tisch zu Tisch, goss Wein nach, räumte Teller ab. Das Personal liess sie machen. Hier im hinteren Saal hörte man den Verkehr auf der Kantonsstrasse kaum. Ständig kamen Menschen zu uns an den Tisch, um mir ihr Beileid auszusprechen. Ich nickte nur, sagte nichts mehr zu niemandem. Nur einmal zu Urs:

Ich könnte kotzen.

Zurück in der Stadt und endlich in der Sicherheit von Urs' Wohnung, küsste ich ihn auf den Mund und nahm ihm die Sonnenbrille von der Stirn. Draussen war es trotz der Dunkelheit heiss geblieben und stickig. Es war klar, dass ich bei ihm schlafen würde, ohne dass wir es besprochen hätten, aber nun musste es ihm vorkommen, als wolle ich die Rollen tauschen, wolle ihn umsorgen statt er mich, als ich sein Hemd aufknöpfte, das Laken zurückschlug und das Licht löschte, als wäre es mein eigener Haushalt. Urs schlief sofort ein. Ich stand nochmals auf und setzte mich in der Küche an seinen Platz. Vor mir auf dem Tisch stand unser Frühstücksgeschirr; durch die offene Schlafzimmertüre konnte ich sein Gesicht sehen auf dem Kissen. Urs redete im Schlaf, während ich weinte.

Ich wollte verliebt sein in diesen Mann, aber die Grosse war weg. Wie sollte das vereinbar sein?

Heute wird mir zum ersten Mal bewusst, dass du das pure Gegenteil bist von Urs, der breit war und Berner und von dem ich, wenn wir im Bett lagen, manchmal dachte, er schäme sich seiner Nacktheit nur deswegen nicht, weil sein Körper verhüllt blieb unter den Tätowierungen, unter den Blumenmotiven, Karpfen und Echsen, unter den Flammen und Wellen, die ich nachzeichnete mit einem Finger.

Ich frage mich, ob es ein Fehler war, ihn so leicht und ohne Aufheben ziehen zu lassen auf einer Brücke über die Limmat im Sommer.

An der Beerdigung hatte mir Mutter die Karte von Vater gezeigt.

That's how he is, your father, sagte sie und schob das Schreiben, in dem er ihr förmlich kondolierte, als hätte nur sie zu trauern und ich nicht, wieder in den Umschlag.

Ich nahm ihn ihr aus der Hand.

Der Poststempel war der einer kleinen italienischen Stadt ganz im Süden des Stiefels, deren Namen ich nicht aussprechen konnte. Seine Schwester führte in der Region ein Weingut. Sie war die Skandalnudel der Familie gewesen und hatte einen Italiener geheiratet. Ob meine Grosseltern die Verbindung nicht billigten, weil er Ausländer oder weil er nur Dachdecker war, weiss ich nicht. Die beiden brannten durch und bekamen einen Sohn, der später Kunst studierte in Mailand, kein Deutsch konnte, ganz Italo geworden war und mein Vater dessen Pate. Anfänglich arbeitete er für seine Schwester auf dem Gut, was er nun tat, wusste ich nicht.

Ich drehte den Umschlag um; ein Absender fehlte.

You can have it, sagte Mutter.

I don't want it.

Then chuck it.

Ich zerriss den Umschlag samt Inhalt in zwei Hälften und hielt nach einem Abfallkübel Ausschau. Urs blickte mich entsetzt an.

Over there, sagte Mutter.

Danach umarmten wir uns.

I'm sorry, sagte ich.

What for?

Everything.

Your dad has left me, hatte Mutter geflüstert im Sommer unserer Frankreichreise.

Das *me* traf mich am Härtesten. Wobei es natürlich stimmte: Er hatte *sie* verlassen. Uns hatte er wohl kaum verlassen wollen; welcher Vater will das schon? Aber wenn er *sie* hatte verlassen wollen, wenn es mit *ihr* nicht mehr ging, dann musste er auch *uns* –

Your dad has left me.

Schlussendlich war die Formulierung einerlei: Er war verschwunden, der Vater, obwohl er da war in jedem Spielzeug, im Baumhaus, in jeder Ecke jedes Zimmers da war, gar nicht weg sein konnte, nicht durfte.

Euer Vater hat mich verlassen.

Keine Geschichten von wegen Geschäftsreise verlängert oder die bekannte Mär vom Militär, Wiederholungskurs, und bald käme er zurück, ganz sicher. Dafür waren wir bereits zu alt. Kein Gesäusel, uns Kinder liebe er ganz fest, aber manchmal bräuchten Mommy und Daddy ein bisschen Zeit für sich.

Und jetzt auch die Grosse. Egal wie lange ich nach ihr rief, oder ob ich schrie oder heulte oder gar nichts tat.

5

Ich kauere im Türrahmen, als müsse ich mich vor einem Erdbeben schützen. Du stehst vom Sessel auf, presst dich an mir vorbei und verschwindest im finsteren Schlafzimmer.

Du tigerst auf und ab; etwas treibt dich um.

Erst nach einer langen Weile kommst du zur Ruhe, lehnst dich an die Wand mir gegenüber: eine Schattengestalt, reglos. Zwischen uns ein nächtliches Meer oder eine Wüste.

Ich habe mich angesteckt.

Die Zeit bleibt nicht stehen, wie ich versucht bin zu sagen, viel eher macht sie einen Schritt zurück und alles fällt in sich zusammen: Alle Ereignisse der letzten drei Wochen ordnen sich zu einem neuen Ganzen und alle meine Fragen werden in dem Moment, durch diesen einen Satz, geradegebogen zu Ausrufungszeichen.

Ich habe mich angesteckt.

Endlich verstehe ich.

Du weisst, was das für dich heisst?, sagst du.

Ich habe das Gefühl, du willst mich absichtlich verletzen, aber ich finde deine Augen nicht im düsteren Zimmer.

Heissen könnte, korrigierst du.

Ich kann dich nicht hassen für das, was du dir angetan hast und möglicherweise mir. In dem Moment kann ich nicht einmal traurig sein. Nur eine leise Panik breitet sich in mir aus, steigt mir von der Magengegend ins Gehirn und schwillt dort an: Panik, dass du dich mit diesem einen Satz so weit weg katapultiert hast, dass ich dich nie mehr werde greifen können.

Ich stehe vom Boden auf, mache einen Schritt auf dich zu und noch einen. Erst jetzt stösst du dich von der Wand weg. Ich strecke meine Arme aus und ziehe dich zu mir. Ich halte dich umklammert. Wir sind Schiffbrüchige. Neben uns: mein Bett eine Scholle, hell schimmernd im spärlichen Licht, das aus dem Wohnzimmer dringt.

Du löst dich aus der Umarmung und knipst die Nachttischlampe an.

Das Wichtigste zuerst, denkt der Journalistenpatrick, und: Die sieben Ws – wer hat was wann wo wie und warum getan? Das letzte W – woher stammen diese Informationen? – streiche ich.

Weil alles so schnell gehen muss, lernt man während der Arbeit für eine Nachrichtenagentur paradoxerweise, stets ruhig zu bleiben, egal was passiert.

Ich drösle den Satz auf und versuche, die Ws zu beantworten; ich komme nicht weiter als:

Jirka hat sich angesteckt.

Ich verfluche meine Gelassenheit.

Jirka hat sich wann und bei wem und wie und vor allem: weshalb angesteckt?

Ich stelle die vermeintlich unverfänglichste Frage zuerst. Ich frage:

Wann?

Wir stehen einander gegenüber wie zum Zweikampf.

Du antwortest nicht.

Wann?, wiederhole ich, und auf einmal stürzen die anderen Fragen hinterher:

Ich will wissen, wann und wo und mit wem.

Wenn ich das wüsste, sagst du.

Du warst in einem Darkroom?

–

Du hast dich ficken lassen ohne Gummi?

–

Hat dir jemand in den Mund gespritzt?

Da du nichts sagst, nur dastehst und es schaffst, lange meinen Blick zu halten, male ich mir die Details selber aus.

Hinter deinen dunklen Augen sehe ich dich im Elefantengehege, wie der Sexclub im Szenemund heisst, der immer auf dem Heimweg liegt, egal wo man war oder wo man wohnt. Am frühen Abend ist die Klientel vorwiegend alt und dick und die Kombination aus Schweiss, Sperma, Kot und Poppers lässt das Lokal wie einen Zoo riechen. Am Wochenende bleibt das Elefantengehege bis vier Uhr auf. Je später es wird, desto jünger die Männer. Oft sieht man den süssen Typen, den man vorher während der Party oder in der Bar sich nicht getraut hat anzusprechen, in den frühen Morgenstunden dort. Man folgt ihm die Treppe hinunter in den Darkroom und die Begegnung, in der Phantasie eben noch pastellfarben, verkommt zu einer schnellen, sachlichen Transaktion in einem Verschlag aus schwarzbemaltem Sperrholz.

Ich sehe dich an der Bar stehen und Bier trinken – eine Stange nach der anderen bestellst du.

Ich lasse dich vom Barhocker aufstehen und in den Keller absteigen, wo du durch die labyrinthartig angelegten Gänge schleichst.

Weiter komme ich nicht.

Ich war im Netz, sagst du.

Das heisst, du bist zu jemandem nach Hause?

–

Wer war es?

Mehrere. Ich weiss es nicht.

Wann?

Es ist egal.

Du wirst mir sagen, wann.

Am Freitag vor genau drei Wochen. Nach dem Yoga. Du bist gegangen und –

Patrick schlägt Jirka mit der flachen Hand und aller Kraft ins Gesicht.

Aber so ist es nicht.

Ich hole aus, wie um deinen Satz wegzuwischen oder eine lästige Fliege. Die Geste, die unterstreichen soll, dass ich nicht weiss, was sagen: Sie gelingt mir nicht.

Meine Fingerspitzen streifen deine Schulter.

Du schlägst mich einmal, ein einziges Mal, sagst du, und ich bin weg.

Als ich deine Hand fasse, zuckst du zusammen. Ich ziehe dich zurück ins Wohnzimmer und vor den Computer:

Ich will wissen, wer.

Du sträubst dich nicht länger; das Profil ist schnell gefunden.

Die Auflösung des Bildes ist niedrig, die Schärfe liegt nicht auf dem Gesicht des Mannes, sondern auf der Meeresbrandung hinter ihm. In seiner Hand hält er ein Cocktailglas mit einer grünen Flüssigkeit darin.

Mit dem hast du?

Es war nicht er, sagst du. Er hat eine Party gemacht bei sich zu Hause.

Eine Orgie, meinst du?

Als ich ankam, war alles schon zugange.

Der Computer schaltet auf Schlaf.

Ich muss aufs Klo, sagst du.

Ich kenne den Mann hinter dem Profil, und ich kenne seine Wohnung: das Höllenhaus. Es liegt um zwei Ecken an der Hauptstrasse, gleich bei der Bushaltestelle. Ich war an einem freien Wochentag im Spätsommer, nachdem Urs und ich uns längst getrennt hatten, an einem freien Tag, an dem ich nichts gemacht, nicht die Rechnungen bezahlt, nicht die Besorgungen erledigt, nicht eingekauft, an dem ich schon Stunden im Internet verbracht hatte, dort gelandet.

Ich glaube, *OpenHouse* hat mich angeschrieben, nicht ich ihn, aber sicher bin ich mir nicht, sicher bin ich mir nur, dass ich hinausmusste und irgendwen treffen. Ich überlegte mir Sauna, ich überlegte mir Klappe, Pornokino – alles zu umständlich. Man weiss nicht, auf wen man trifft. Ob überhaupt. Ich kann's ja mal probieren, dachte ich.

(Und jetzt, vor dem Computer, kommt mir unser Spiel in den Sinn:

Südländer.

Dreissig bis fünfunddreissig.

Strand.

Badehose.

Fröhlich.

Ferien.

Last Minute.

Single.

Cocktails.

Pauschalreise …

Nur von der Qualität her würde es der Schnappschuss nie in die Datenbank deiner Agentur schaffen.)

in zehn minuten, antwortete ich auf die Frage von *OpenHouse*, wann ich da sein könne.

gib mir dreissig, ich muss noch ins bad. bin übrigens der toni. klingeln bei marrano.

Ich überlegte mir nur kurz, ihn fallenzulassen, weiterzusuchen, weiter und weiter und höchstwahrscheinlich erfolglos und stundenlang von Profil zu Profil.

ok, schrieb ich, *bis dann.*

Ich holte mir ein Bier vom türkischen Kiosk an der Ecke des kleinen Quartierplatzes und setzte mich auf eine Bank. Den Platz hatten sie im Jahr zuvor mit neuen Bäumen bepflanzt, weil die alten krank geworden waren. Die Bänke waren ebenfalls neu und die monströsen Glassammelcontainer vorne bei der Strasse hatten sie durch solche ersetzt, die in den Boden eingelassen waren. Nur die Einwurfvorrichtungen ragten hervor, nicht grösser als konventionelle Abfallkübel: Braunglas, Weissglas, Grünglas, nochmals Grünglas und ein Behälter für Metall/Dosen. Auch den Boden des Platzes hatten sie mit frischem Schotter aufbereitet und neu gewalzt.

Es war beinahe dunkel; die Strassenlampen waren vor einer Weile angegangen und eine Gruppe Hartnäckiger spielte Pétanque, wobei ich nicht erkennen konnte, ob sie mit ihren Boules selten in die Nähe der Zielkugel kamen, weil sie ungeübt waren oder wegen des schwindenden Lichts. Ich weiss noch, wie ich mich fragte, weshalb mir das nicht genügen konnte: ein Park an einem Spätsommerabend und eine Büchse Bier.

Die Haustüre war abgeschlossen; Toni drückte auf, ohne sich über die Gegensprechanlage zu erkundigen, wer da sei. Die Wohnung lag im Hochparterre, er stand schon in der Türe, als ich die fünf Treppenstufen nahm.

Ich hätte mich umdrehen können und wortlos wieder gehen. Toni hätte gewusst, weshalb: Er sah überhaupt nicht aus wie der Mann auf dem Bild, konnte nicht der Mann sein, auch nicht vor zehn Jahren. Er stand zwar, wie auf dem Bild, mit einem Glas in der Hand im Türrahmen, war jedoch etwa doppelt so schwer und hatte dunkle, glatte Haare – eine Pilzfrisur mit sorgfältig zurechtgeföntem Mittelscheitel –, während der Typ im Netz Locken gehabt hatte, so deutlich trotz oder gerade wegen der Unschärfe, als wären es Kringel in Marmor gemeisselt auf dem Kopf einer antiken Statue.

Ich hätte grusslos gehen können; bestimmt war ihm das schon unzählige Male passiert, so offensichtlich, ja unverfroren war die Täuschung. Aber ich trat ein, machte ein paar Schritte in den Wohnungsflur an Toni vorbei, blieb stehen.

Du kannst mir deine Jacke geben, sagte er und hinkte die zwei Meter auf mich zu.

Wobei er eher den Fuss nachzog, als dass er wirklich hinkte. Ich gab ihm meine Jacke, die nur das Oberteil eines Trainingsanzugs war. Darunter trug ich ein T-Shirt. Trotzdem war mir warm. Unsere Finger berührten sich kurz.

Alles an Toni stiess mich ab. Seine teigige Masse, die dämliche Frisur, die dunklen Augen, etwas zu klein, die nie zur Ruhe kamen, als sähe er die Wohnung ebenfalls zum ersten Mal.

Und trotzdem faszinierte er mich. Sein Selbstbewusstsein, mit dem er den Gastgeber gab und gleichzeitig überspielte, dass er mich gerade betrogen hatte: Türe aufdrücken, nett hallo sagen, Jacke abnehmen, Smalltalk machen … Obwohl nichts nach Drehbuch lief und er ein anderer Akteur war als ursprünglich gecastet.

Nimmst du einen Drink?

Gerne, sagte ich.

Was möchtest du?

Egal. Was immer du trinkst.

Wodka Orange.

Toni deutete links auf eine Tür, ging selber rechts ab in die Küche.

Als ich das Wohnzimmer betrat, schlug mir noch wärmere Luft entgegen als im Flur, warme und feuchte Luft. Zuerst konnte ich nichts erkennen ausser grün-schummriges Licht. Dann sah ich, dass das Grün von den Pflanzen abstrahlte – das Wohnzimmer war ein Gewächshaus. Überall, die Wände entlang und in Gruppen mitten im Raum, um das Sofa, den Sessel, den Tisch, die Kommoden und den Schrank herum standen Pflanzen, zum Teil mannshoch, zum Teil nicht grösser als ein Finger: riesige Gummibäume, kleine Kakteen, Sukkulenten, Farne. Die Lampen, niedrige Bodenlampen und grössere Ständerlampen waren es, standen zwischen und hinter den Pflanzenkübeln, so dass das Licht nur indirekt und durch die Blätter und Äste und Zweige in den komplett verstellten Raum drang. Ich spürte, wie ich zu schwitzen begann; Schweissperlen sammelten sich an meinen Schläfen, in meinen Achselhöhlen und im Flaum am unteren Rücken, den zu rasieren ich mir nicht die Mühe gemacht hatte, wie ich das sonst meist tat, wenn ich ein Date hatte.

Was willst du hier, bei diesem hässlichen Gnom? In diesem Dschungel?

Gleich beim Eingang links, rief mir Toni aus der Küche zu, als er mich im Flur hörte.

Eiswürfelgeklimper.

Er meinte wohl, ich suche das Klo, aber ich war bereits verschwunden.

Auf dem Heimweg, nachdem ich mich aus Tonis Wohnung geschlichen hatte, war ich mir sicher gewesen, eine wütende Nachricht würde mich zu Hause erwarten: *was ist das für eine art?!*

Ich loggte an jenem Abend nicht wieder ins Internet ein. Aber auch am nächsten Tag kam keine Nachricht und nicht am übernächsten.

Jetzt verstehe ich: Toni schrieb immer unzählige Männer auf einmal an. Mein Pech oder Glück war gewesen, dass ich als Erster erschien. Wäre ich der zweite oder dritte Gast gewesen – wahrscheinlich wäre ich geblieben.

Ich war aufgestanden in der Spiegelnacht. War aufgestanden, weil ich mich nicht verbrennen wollte, wie mir das schon oft passiert war, nachdem ich bereits während der ersten Begegnung alle meine Wünsche und Sehnsüchte über eine neue Bekanntschaft gestülpt hatte, so dass diese nicht anders konnte, als mich nur Tage später zu enttäuschen.

Wenn ich nicht aufgestanden wäre –

Wenn das Wörtchen wenn nicht wär, poltert Vater durch meinen Kindskopf.

Aber ich war.

Und Jirka hatte.

Jirka hatte Sex gehabt.

Es sagt sich so leicht.

Jirka hatte, und ich habe es mir immer und immer wieder ausgemalt in den wenigen Minuten, seit ich Bescheid weiss, und bis jedes vorgestellte, möglichst grell kolorierte Detail sich eingebrannt hat in mein Hirn, bis meine Phantasie so fix war und absolut in ihrer Ausformung, dass ich einen Schritt zurückmachen und das Tableau hätte anschauen können, wie man ein gerahmtes Bild anschaut in einer Galerie, von dem man nicht sicher ist, ob seine Anziehungskraft gerade in der Verstörung liegt.

Der Computer schaltet auf Schlaf.

Ich muss aufs Klo, sagst du.

Ich fasse dich am Arm, halte dich zurück.

Der Bildschirm wird schwarz.

Warum hast du –

Ich weiss nicht, was sagen, und rede deshalb drauflos:

Wie konntest du mich nicht anrufen? Hast du wenigstens geheult, hast du dich bitte mehrmals im Klo eingesperrt bei der Arbeit, um zu heulen und dir zu überlegen, wie du es mir schonend beibringen kannst?

Es hat einen Namen, sagst du und bringst ihn doch nicht über die Lippen.

Weshalb erst jetzt?

Du weichst mir aus, sagst lediglich, ich müsse mitkommen zum Arzt.

Wir haben einen Termin. Morgen um acht.

Ich beisse auf die Zähne, um dich nicht anzuschreien. Nur langsam entspannt sich mein Kiefer wieder.

Du hast es mir eine Woche lang verschwiegen, obwohl ich es höchstwahrscheinlich auch –

obwohl wir die ganze Zeit –

Es hat einen Namen!

Die drei Buchstaben stehen zwischen uns, gross und zu sperrig, um sie alle auf einmal in den Mund zu nehmen. Wir müssen sie einzeln rund lutschen und einbetten in andere Worte, damit die spitzen Enden und Winkel der zwei Konsonanten und des überhaupt nicht weichen Vokals uns nicht den Gaumen zerfleischen.

Wir hangeln uns das Alphabet entlang, am H vorbei und auch am I. Unter P finden wir das erste Wort, das wir aussprechen können: positiv.

Wir wühlen weiter, Q, R, S, T, U –

V wie Virus.

Erschrocken blättern wir zurück. Unter P finden wir ein weiteres Wort: Plage.

Wir müssen nicht lachen, aber plötzlich fällt die Spannung zwischen uns ab.

Ich kann nicht wütend sein auf dich, obwohl ich wütend sein müsste, weiss ich – auf dich und was du dir und mit allerhöchster Wahrscheinlichkeit auch mir angetan hast. Was passiert war, wie du sagst, als hätte es wenig mit dir zu tun, ja, als seist du ferngesteuert gewesen in jener teuflischen Nacht.

Doktor Feller hat dir, zusammen mit dem Rezept für die Medikamente, vorläufig nur für einen Monat ausgestellt, man müsse die Nebenwirkungen genau beobachten und möglicherweise die Kombination ändern, einen Brief mitgegeben, worin alles steht, was du zu beachten hast.

Ich will den Brief nicht sehen.

Für einen Monat Medikamente werden deiner Krankenkasse über zweitausend Franken in Rechnung gestellt. Abzüglich Selbstbehalt. Du wagst es nicht, die Kosten auf ein durchschnittliches Restleben hochzurechnen, obwohl du von Doktor Feller weisst, dass eine normale Lebenserwartung durchaus realistisch ist mit den Medikamenten – ausser, du entwickelst Resistenzen. Die Plage ist zur chronischen Krankheit mutiert. *Handhabbar*, war das Wort, das der Arzt gebraucht hatte.

Handhabbar der Nachtschweiss und der Durchfall, handhabbar das entzündete Zahnfleisch und die kleine Warze, die an deiner Unterlippe gesprossen ist, genau auf der Naht, wo die Lippe in Haut übergeht.

Doktor Feller, bei dessen Name mir immer der Sensenmann in den Sinn kommt, wird sie dir nächste Woche wegätzen.

Ich muss wirklich dringend aufs Klo, sagst du und nimmst meine Hand von deinem Arm.

Ich schaue dir nach.

Urs hatte mich in Ruhe trauern lassen, war Abend für Abend neben mir gesessen vor dem Fernseher in seiner Wohnung. Nachts hatte er mich in den Arm genommen und gehalten, bis ich nach einer Woche nicht mehr weinen konnte – und der Ekel einsetzte: eine mir bisher unbekannte Abscheu, die sich gegen seinen soliden Körper richtete und die wohlige Zweisamkeit zerstörte, bevor wir die Gelegenheit hatten herauszufinden, was sonst noch in uns stecken könnte. Jedes Mal, wenn ich seine Haut berührte, liess mich der Ekel innerlich zusammenzucken, liess mich zurückscheuen vor diesem Mann, der mir Trost gespendet, an den ich mich gelehnt hatte. In meinem Kopf hatte sich vor Urs ein Rollenbild geschoben; es war die Rolle des Stärkeren, des Beschützers, und als ich langsam wieder Kraft fand, bekam ich es leid, den Schwächeren zu spielen.

Wir hörten auf, uns zu küssen. Der Sex wurde klinisch: kurze, präzise Operationen, nach denen ich mich sofort säubern musste mit den Taschentüchern aus der Box neben dem Bett.

Mit dem Ekel kam auch die Eifersucht, mit der ich Urs von mir fernhielt. Egal wen er anschaute, ob alt oder dick oder hässlich, ich strafte ihn mit Blicken ab und schickte spitze Bemerkungen hinterher. Wenn ich ihn nicht erreichen konnte per Telefon, dichtete ich ihm Geschichten an und wollte ihn zwingen, mir Eskapaden zu gestehen, die nie stattgefunden hatten.

Meine Anschuldigungen versickerten in seinem Schweigen. Oft versuchte Urs, mich an sich zu ziehen, nachdem eine meiner Tiraden versiegt war, aber er lernte schnell, dass mich seine Berührungen nur von neuem anstachelten, und liess es bleiben.

Stumm sassen wir jeweils am Frühstückstisch, unsere Münder bewegten sich nur, um zu kauen. Stumm sassen wir vor dem Fernseher. Und stumm kamen wir eines Sommerabends aus dem Kino.

Wir hatten uns die Nocturne angeschaut; auf dem Limmatquai waren kaum mehr Leute unterwegs, die letzten Trams bereits weg. Wir gingen am Fluss entlang und über den Mühlesteg. In einem der Erker blieben wir stehen und schauten auf das nachtschwarze Wasser. Obwohl mich fröstelte in meinem Trägershirt, schmiegte ich mich nicht an Urs.

Ein Teenagerpärchen schlenderte Hand in Hand an uns vorbei, blieb kurz stehen. Der Junge grinste uns an und sagte:

Jetzt küsst euch endlich!

Das Mädchen kicherte. Die beiden dachten wohl, wir hätten uns eben erst kennengelernt.

Wir lassen es besser sein, sagte Urs, sobald die beiden ausser Hörweite waren.

Aber wir bleiben Freunde, antwortete ich.

Mein Lachen war eines der Erleichterung.

Urs hob zum Spass die Hand, als wolle er mich ohrfeigen.

Wir spazierten weiter, am Bahnhof vorbei und zur Langstrasse, die vielleicht deswegen so heisst, weil dort die Bars länger aufhaben, überlegte ich mir.

Wir tranken je eine Stange Bier. Danach sahen wir uns nicht mehr.

Jetzt, im Herbst, während der beiden Wochen mit Jirka und als sich meine Mutter auf den bevorstehenden Umzug nach England vorbereitete, rief sie, wie an den Tagen vor der Beerdigung, erneut ständig an. Früher hatte sie sich nur alle paar Sonntage gemeldet und immer nur per Festnetz, nie auf dem Handy.

Nun war es, als habe sie die moderne Telekommunikation für sich entdeckt. Sie schrieb mir SMS: *this house is such a mess*, hinterliess Nachrichten auf meinem Beantworter:

You need to make a list of things you want to keep.

Ich wolle nichts behalten, sagte ich.

Nothing at all?

Nein. Gar nichts.

Denn ich fürchtete, dass mich die Sachen nicht nur an meine eigene Kindheit erinnern würden, sondern immer auch an meine Kindheit mit der Grossen.

Mutter war weise genug zu wissen, dass ich die Entscheidung irgendwann bereuen und mich sehnen würde nach den Dingen.

Insgeheim ahnte ich das auch.

Die Pakete, die im Abstand von wenigen Tagen bei mir eintrafen – Fotoalben, Spielsachen, Schulzeugnisse, vermutete ich –, verstaute ich zwar im Keller, aber ich nahm sie allesamt an, schickte sie nicht zurück.

Während einer ihrer häufigen Anrufe bat sie mich ein letztes Mal, ich möge doch meine Grosseltern besuchen.

Sie meinte die Grosseltern väterlicherseits, denn Nan und Pa, wie wir Kinder ihre eigenen Eltern genannt hatten, waren beide innerhalb weniger Monate gestorben, als ich fünfzehn und die Grosse sechzehn gewesen war.

Pflichtbewusst hatte Mutter den Kontakt aufrechterhalten zu den Eltern meines Vaters, die mittlerweile in einem Altersheim wohnten.

Der Grossvater war fast komplett bettlägerig, die Grossmutter kümmerte sich rührend um ihn, immer mit der Drohung des Personals im Hörgerät:

Wir sind kein Krankenhaus, wir können die Verantwortung nicht länger übernehmen. Sollte sich sein Zustand verschlimmern, muss er ins Spital.

Zum Begräbnis ihrer Enkelin waren sie nicht gekommen. Grossmutter liess ausrichten, sie könne Grossvater die Reise nicht zumuten und alleine zurücklassen wolle sie ihn nicht.

Sie fragt immer nach dir, sagte Mutter.

Obwohl das Altersheim in Zürich war, hatte ich es nie dorthin geschafft. Ich hatte mir nach dem Tod der Grossen zwar die Adresse geben lassen, aber sie verschwand in der obersten Schublade meines Schreibtisches, hingekritzelt auf die Rückseite einer Kaufquittung, und wurde zugeschüttet von Krimskrams, Büroutensilien, Businesskärtchen.

Aber erzähl ihnen nichts, sie würden es nicht verkraften, sagte Mutter.

Was meinst du?

You know.

Dass ich Männer ficke?

Please, Patrick. Es ist einfach etwas, was dein Grossvater nicht wissen muss. So kurz vor dem Ende.

Das ist verlogen!

It's unnecessary, that's all.

Die Stille nach diesem Gespräch war absolut und erzeugte dasselbe Rauschen wie damals, als die Grosse und ich versucht hatten, unsere Nan zu erreichen in England. Es war diese kaum auszuhaltende Stille, Grabesstille, die mich dazu bewegte, die beiden zu besuchen.

Am nächsten Tag grub ich die Adresse aus und rief meine Mutter an.

I'm going to visit them, but I can't do it on my own – I'm taking my boyfriend with me, sagte ich.

That tattooed guy?

No.

Wir hätten uns erst gerade kennengelernt.

But I love him and –

Auf English sagte es sich so viel leichter.

If you must, meinte Mutter.

Es war der Mittwoch unserer zweiten Woche. Wir trafen uns direkt nach der Arbeit am Hauptbahnhof und nahmen das Tram.

Wenn du mitkommst, schaff ich's, hatte ich am Abend zuvor in der Beiz gesagt.

Wir kamen mit leeren Händen ins Heim. Ich versteckte meine in den Hosentaschen. In der Nähe der Tramstation hatten wir weder eine Bäckerei noch eine Confiserie und auch keinen Blumenladen gefunden.

Es war später Nachmittag, für die Bewohner des Altersheims eventuell früher Abend.

Das Heim war in einem grauen Kasten aus den Sechzigern untergebracht und stand direkt gegenüber der Klinik für Alterspsychiatrie. Letzterer Bau war viel schöner – schlossartig stand es am Hang: ein Park, der moderne Anbau mit viel Glas –, aber obwohl es ästhetischer sein mochte, wünschte ich auch dieses Institut niemandem.

Kurz vor dem Eingang passierten wir ein Schild: *Anlieferung* stand da, und ein Pfeil.

Wir stellten uns einen Karren vor mit alten Menschen darauf, mussten beide lachen und erschraken über uns selbst.

Mit festen Schritten folgte ich meiner Überzeugung, die mir durch die Schiebetüre ins Innere des monströsen Gebäudes vorauseilte: Endlich das Richtige tun. Jirka hinter mir her.

Auf der anderen Seite der Türe schafften wir es trotz Überzeugung nicht einmal bis zum Empfang. Eine Traube alter Menschen hielt den Eingangsbereich besetzt. Sie scharten sich um eine Frau, deren Rollstuhl einen Platten hatte. Der Technische Dienst müsse gerufen werden, aber es könne dauern, denn der Technische Dienst müsse zuerst in den Keller und dort in die Werkstatt, um Flickzeug und Pumpe zu holen, hiess es.

Eine Aufregung, ein Geschnatter, zwei Helferinnen versuchten, die Ansammlung zu sprengen. Alles in Zeitlupe und einen Zacken zu laut.

Ich nahm mir vor, nicht auf meine Grosseltern einzureden wie auf zwei kleine Kinder und wie das die Helferinnen taten. Vielleicht einen Zacken lauter, aber nicht wie auf zwei Kinder.

Im Eingangsbereich fielen mir weitere Schilder auf. Eines zeigte in Richtung *Coiffeur und Pedicure*, ein anderes in Richtung *Grosser Saal* und *Bewegung*. Dort schien auch Grossmutter zu sein, in der Bewegung, wie die Empfangsdame sagte, als wir uns zu ihr vorgekämpft hatten. Mein Grossvater sei im Zimmer und brauche seine Ruhe. Die Bewegung sei aber gleich vorbei, wir sollten bitte Platz nehmen und einen kurzen Moment warten.

Der Moment war eindeutig länger als kurz, und wir blieben schweigend sitzen auf den Stühlen aus grellrotem Hartplastik neben dem kümmerlichen Ficus Benjamini, der mehr

Klischee war als Pflanze. Wir blieben so lange sitzen, bis die andere Schiebetüre, diejenige am gegenüberliegenden Ende des Empfangsbereichs, diejenige, wo *Bewegung* drüber stand und *Grosser Saal* – bis diese andere Schiebetüre aufging und:

Eine kleine, dürre Gestalt, an eine Gehhilfe geklammert, sich durch die Schiebetüre schob und der Raum plötzlich ganz still wurde bis auf das stete Schlurfen der Pantoffeln an den Füssen dieses Phantoms, das langsam, langsam näher kam und meine Grossmutter sein musste. War.

Jirka stand auf und ging.

Ich folgte ihm.

Beim Ausgang wollte sich die Grosse an uns vorbeizwängen, um uns aufzuhalten.

This is my life, raunte ich ihr zu.

Ich liess meine Schwester, deren Gewicht sich nach der Pubertät bei pummelig eingependelt hatte, anschwellen in meinem Kopf.

These are my decisions.

Ich pumpte sie auf, bis sie so dick war, dass sie in der Türe des Altersheims stecken blieb.

Nach ein paar Schritten im Freien drehte ich mich um. Die Grosse surrte davon, ein fleischfarbener Ballon, aus dem die Luft entwich.

Jirka und ich, wir verloren nie ein Wort über den Beinahebesuch bei meinen Grosseltern.

Aber heute bin ich mir sicher, dass der Anblick dieser ausgemergelten, vom Tod bereits zu Lebzeiten geknickten Person

Jirka bewog, am nächsten Tag zum Arzt zu gehen mit seiner Ahnung.

Meiner Mutter erzählte ich, die Grosseltern hätten mich nicht erkannt und die Pflegerin lautstark gebeten, mich wegzuschicken.

Jirka bekam das Telefonat mit, und ich bildete mir ein, dass er dankbar war für diese meine Lüge und dafür, dass ich ihn nicht zur Rede stellte wegen seines abrupten Abgangs.

Noch am selben Abend holte er den Ersatzschlüssel zu seiner Wohnung hervor, streckte ihn mir hin.

Ich möchte, dass du den hast.

6

Ich ramme einen Pflock ein bei Tag eins, dem Spiegelfreitag, an dem wir schweigend in der Musik lagen, nachdem wir gekommen waren und bevor ich aufstand. Spuren von uns klebten an deinem Bauch, dem Brustbein, deinen Rippen – die Strassen einer Schnecke mit ihrem klebrigen Sekret. Noch einmal fahre ich mit dem Zeigefinger die Wege ab, halte inne kurz vor deinem Nabel.

Der zweite Pflock kommt gleich neben den ersten. Es ist Samstagnacht, eigentlich schon Sonntag in der Früh, kurz vor eins muss es gewesen sein, als ich zu dir zurückkehrte, um ein paar Tage, fast eine ganze Woche zu bleiben – unsere Blaumache. Ich schnuppere deinen Körper ab nach dem bitteren Drogen- oder dem süsslichen Bierschweiss, den du hättest ausdünsten müssen, rieche an deinem Atem, deinen Fingern, ob der modrig-moosige Geruch von Männern, der jeweils ein, zwei Tage unter den Nägeln kleben bleibt, egal wie gründlich man sich die Hände wäscht, ob irgendein verräterischer Geruch an dir hängt. Nichts.

Als ich zu dir ins Bett kroch, rochst du frisch geduscht und aus dem Mund nach Schlaf.

In meinem Traum in jener Nacht, nachdem du geweint hast, und ich nicht wusste, weshalb, stand ich mit Urs bei der Beerdigung. Ich war um Jahre jünger; ich war wieder Bezirksschüler, wieder dreizehn oder vierzehn, und Urs, auf einmal ohne seine Tätowierungen, war Herr Obrist, der mich an der

Hand hielt. Ich schaute zu ihm hoch, er lächelte und nun weinte ich doch.

Du hast es nicht gehört über die Zeiten hinweg; die Geräusche wurden übertönt von deinem Stöhnen, sie blieben begraben unter jener Lust, die uns im Schlaf überkommen, uns geweckt hatte.

Du weckst mich mit deinem Kopf in meinem Schoss. Du lutscht und ziehst und zerrst an mir wie ein bedürftiges Kind. Ich will dich wegstossen, aber ich bin Niels, der dich in den Mund fickt und ruft:

Du schwule Sau!

Ich bin Jens, der dein Gesicht ins faule Laub drückt und dich aufspaltet ohne Spucke, ohne Liebe, ohne irgendein Gefühl ausser das der abgrundtiefen Verachtung für jenes Begehren in mir, das er in sich selbst erkannt haben musste.

Ich bin der starke, breite Urs, der plötzlich René Obrist ist und der dich ohrfeigt, immer wieder ohrfeigt, während er seinen Schwanz auspackt im Geräteschuppen und sagt:

Das willst du doch, du kleine Schwuchtel, wolltest du schon immer!

Und ich bin Daniel, der über allem steht, der über dir thront in seiner Kampfmontur, die Beine gespreizt, der auf dich herabschaut und seinen Pissestrahl dir in den Schlund strömen lässt und dabei lacht, dich auslacht, bis du meinen feuchten, stinkigen Schwanz nimmst, der kleine süsse Jirka nimmt meinen Schwanz, in deiner Hand etwas Spucke, die du verreibst über meinem Glied, und ich stosse dich weg, nehme mich selber, nehme die Situation in die Hand, wenn ich schon nicht Herr bin über meine eigene Phantasie, und drehe dich um.

Patrick dreht Jirka um, drückt seinen Kopf ins Kissen, zwingt seine Beine auseinander mit den Knien, spuckt ihn an, spuckt daneben, dringt trotzdem in ihn ein und ohne Gummi. Er ist sie alle, ist Daniel und Jens und Niels und Herr Obrist und auch die Grosse ist er, die nochmals gestorben ist in seinem Traum, wie kann Jirka nur vögeln wollen, dem zeigt er's –

Wart nur, dir zeig ich's.

Du sagst:

Ja.

Und mein Stöhnen klingt, als hätte ich mich im Weinen getäuscht oder umgekehrt und bis ich komme in dir drin.

Der dritte Pflock markiert deine vermeintliche Grippe zwei Wochen später und der vierte die heutige Nacht.

Ich stecke das Feld ab und ackere es um, versuche die Nächte zu zählen, in denen ich mich hätte anstecken können. Immer wieder lande ich bei diesem ersten, hassgetränkten Mal, an dem wir miteinander schliefen, nein fickten – weil so war es: Ich habe dich gefickt.

Ich frage mich, ob die Chancen, mich zu infizieren, grösser oder kleiner gewesen wären, wenn wir sagen könnten, wir hätten in jener Nacht Liebe gemacht.

Wobei ich auch solche Nächte finde in dem kleinen Feld, das nur drei Wochen gross ist und von denen wiederum nur zwei wirklich zählen, weil in der letzten warst du krank.

Waren es vier oder fünf? Sechs oder sieben? Gar acht? Neun?

Zehn Nächte können es nicht gewesen sein, denn ich finde ganze Tage, an denen wir uns nicht sahen, weil unser Kennenlernen uns beide überwältigt hatte und wir beide, jeder für sich, ausloten mussten, was für uns zu nahe und was zu weit weg war.

Ich klammere mich an die magische Sieben. Sieben Abende, die nichts waren als Wiederholung.

Ficken, miteinander schlafen, Liebe machen – der Akt blieb derselbe und vor allem blieb er ungeschützt. Denn nach diesem ersten Mal war es schon zu spät, und die Selbstverständlichkeit hatte sich über unser Handeln gelegt, wie sie das immer tut: unbemerkt und ohne sichtbare Naht dort, wo sie sich verwandelt in eine Gewohnheit, die zu hinterfragen alles kaputtgemacht hätte.

Die stillschweigende Abmachung – sie war unser Pakt. Sie war unsere Art, dem Wir, das sich zu bilden begonnen hatte, Grösse zu geben und die restliche Welt mit all ihren Gefahren von uns fernzuhalten.

Obwohl du die ganze Zeit geahnt haben musst, dass sich die Bedrohung bereits festgesetzt hatte in deinem Körper.

Wolltest du mich bestrafen für mein Gehen? Wolltest du mich an dich ketten?

Und was denkst du wohl? Gehst du die Nächte durch wie ich? Nächte, in denen du nicht auf die Stopptaste gedrückt hast, weil du mir dann alles hättest erzählen müssen?

Wenn du wolltest, bin ich mir sicher, könntest du die Abende abrufen aus deinem Gedächtnis und ausbreiten vor mir.

Aber du schweigst, denn du weisst Bescheid über das Warten, über die Minuten, Stunden, die zu drei Tagen auswachsen zwischen Blutentnahme und Testergebnis, drei Tage, in denen man sich jede Minute und jede Stunde mit den Details, den vormals erotischen, inzwischen nur noch technischen, zu medizinischen Wichtigkeiten aufgeblähten Details quält, und sich diese Details zu einer Gewissheit zusammenfügen: Ich hab's.

Mindestens sieben Nächte, sage ich. Wenn nicht mehr.

Es bringt nichts.

Wahrscheinlich schon am Samstag. Oder dann am Sonntag. Am Montag …

Man kann nichts tun ausser warten, sagst du.

Du kannst gut reden.

Die Gewissheit fühlt sich nicht besser an, wenn du darauf hinaus –

Du hältst inne, als würdest du erst mitten im Satz realisieren, was du sagst.

Es tut mir leid. Wirklich, Patrick.

Das hilft mir nicht weiter, sage ich.

Versprich mir, dass du mitkommst zum Arzt.

Und was, wenn ich es bereits weiss?, antworte ich.

Es muss nicht sein.

Wir haben zwei Wochen lang jeden zweiten Abend nur gevögelt. Dann hast du die Medikamente bekommen. Wenn wir erst danach hätten, wäre deine Viruslast –

Aber wir haben vorher und trotzdem muss es nicht sein. Du warst immer aktiv. Die Statistik besagt –

Scheiss auf die Statistik!, schreie ich, und weil du nicht weisst, was du darauf erwidern sollst, wiederholst du:

Es muss nicht sein.

Ich bin zu erschöpft, um auf dem letzten Wort zu bestehen und zu erschrocken über die Einsicht, dass ich nicht eifersüchtig bin auf die Männer, sondern nur darauf, was in dir brodelt, nur darauf, was dich nun ausmachen wird und nur dir gehört, ganz alleine.

Ich zwinge dich in eine Umarmung. Lange lasse ich dich nicht los.

Gleich nachdem ich in der Spiegelnacht gegangen war, schnellte Jirka hoch und blieb einige Sekunden benommen sitzen. Nur kurz amüsierte ihn die Entdeckung, dass es einem auch im Dunkeln schwarz werden kann vor Augen.

Er ging als Erstes ins Wohnzimmer, wie um zu prüfen, ob ich wirklich weg war. Die Jalousien waren nicht zu und die Strassenlampe, die fast direkt vor dem Fenster an einem zwischen den Häuserzeilen gespannten Drahtseil baumelte, warf einen spärlichen, doch warmen Lichtkegel aufs Parkett und brachte das Zimmer mit dem Wind ins Wanken. Auch im Badezimmer, wo er sich unter die Dusche stellte und hoffte, der Boiler im Keller würde noch heisses Wasser spenden zu dieser späten Stunde, knipste er das Licht nicht an. Die Küche, wo er mein *Danke* gefunden hätte auf dem Tisch, betrat er nicht.

Der Entschluss war gefasst. Er würde ausgehen, und in den Klub mit dem starren Blick, wie ihn alle nannten. Dort würde er Drogen finden, wie er meist Drogen fand – oder besser, die Drogen würden ihn finden in der Gestalt eines Fremden:

Suchst du was?

Es waren immer Fremde, und sie sprachen Jirka immer an, verkauften ihm das weisse Königspulver, ein Gramm zu hundert oder hundertzwanzig Franken, ein paar Kuschelpillen, obwohl diese neuerdings weitaus schwerer zu bekommen sind.

Ich weiss nicht, wie Jirka es schaffte; mir passiert das nie. Ich stehe immer da, stehe und schaue und sende meine Signale aus an alle Fremde, die so aussehen, als könnten sie etwas dabeihaben. Wobei, wenn ich *immer* sage, ist das nicht ganz richtig, denn ich gehe nur selten in einen der wenigen Nachtklubs, in die man noch gehen kann.

Im Klub mit dem starren Blick, der ihn schlagartig überzog dank des Pulvers, das er in der Klokabine geschnupft hatte, stellte sich Jirka mit einem Bier an die Wand und schaute den Tanzenden zu, starrte von seinem Posten in die Gesichter der Männer. Es waren junge Gesichter. Bald schon würde er zu den Älteren gehören. Eine neue Generation drängte auf die Tanzflächen der Stadt. Sie kamen von der Goldküste und hatten eigene Kreditkarten, ohne je eine Abrechnung zu sehen. Sie kamen aus dem Ober- und Unterland, kurz: dem Umland, und gaben mehr aus für Mobiltelefonie als für Essen. Sie nahmen härtere Drogen, tranken mehr und schneller – oder aber gar nichts.

Es war relativ früh; nicht mehr früh abends, aber früh für eine Ausgehnacht. Nur wenige der Tanzenden kauten an Unterlippen, pressten Kiefer zusammen, rückten hundert Mal ihre Mützen, Brillen, Uhren zurecht. Diejenigen, die es taten, kannte Jirka, und sie ihn, obwohl sie einander vorher nie begegnet waren. Jirkas Nase fühlte sich verstopft an und etwas taub. Er schloss zuerst das eine, dann das andere Nasenloch und zog Rotz hoch. Der Schleim lief ihm bitter, aber nicht scharf den Rachen hinunter: ein gutes Zeichen – dann war das Zeug nicht allzu sehr gestreckt worden.

Plötzlich schlug das Pulver ein: Kanonenpulver, das in seinem Hirn explodierte.

Er warf seine Schlinge aus und nahm sie allesamt in Besitz, die jungen Männer, die Tanzenden. Er war ihr Herrscher, der sich in einer einzigen flüssigen Bewegung mit dem Fuss von der Wand abstiess, sein Bier auf eine der Boxen stellte und sich zu wiegen begann, zu stampfen mit den Füssen, sein Netz mit den Händen in die Luft zu zeichnen, es auszuwerfen, immer wieder von neuem: Der dort drüben bei der Säule, der seine Hand auf die Schulter eines anderen legt – nein, die beiden drüben bei der Säule, sie lächeln sich jetzt an, ein Glas geht hin und her, obwohl sie sich nicht kennen, einander nie begegnet sind, das sieht Jirka von weitem, weil Jirka sie alle gestochen scharf sah, zoomte sie näher und näher an sich heran, bis er nur noch den Arm hätte ausstrecken müssen.

Nach einer Weile begann sein starrer Blick an den Gesichtern abzugleiten, taxierte Oberkörper, Brust- und Armmuskulaturen, verfolgte fremde Hände auf ihren Bahnen durch die Lichterflut, sank ab und heftete sich an Lenden, bohrte sich durch Jeansstoffe und Unterhosen, sein Röntgenblick, bis sie nackt waren, die Männer, die ihm gehörten. Sie waren seine Sklaven, sein Harem, die Jünglinge im Paradies. Sein Blick hielt sie an kurzer Leine und entfernte sich doch einer zu weit, tanzte Jirka ihm nach, schlängelte sich um ihn herum, zog die Schlinge fester und holte den Abtrünnigen zurück, der nicht ahnen konnte, dass er jemandes Zauber verfallen war, eine Hauptrolle spielte in einer fremden Phantasie. Das Gedränge war nun dicht genug; Jirkas Handrücken berührte Ärsche, streifte zufällig einen Schritt, seine Schultern steuerten auf Brustkörbe zu, und er rieb sich einen kurzen Moment zu lange an ihnen. Wer sich zurückzog, war noch nicht genug unterwegs durch diese Nacht, die, bevor sie richtig begonnen hatte, bereits vorbei schien für Jirka: Mit einem Schlag in die Knie landete er auf dem harten Boden der Nüchternheit. Seine Füsse hörten auf zu tanzen.

Hatte er zu wenig genommen?

Sein Blick wurde weich, sein Königreich zu Staub.

Oder war es doch schlecht gewesen und mit Waschpulver gestreckt?

Er lehnte sich zurück an die Wand, die feucht geworden war wegen der wachsenden Masse, deren Schweiss verdampfte, an der Decke kondensierte und die Wände entlang auf den Boden tropfte, sich mit Bierpfützen und Schmutz von der Strasse vermischte zu einem flächendeckenden, matschigen Film auf dem schwarzgestrichenen Gussbeton.

Und wo war sein Bier?

Er spulte zurück, diese halbe Stunde zurück, und kam erneut bei den Boxen zum Stehen. Sein Bier war fast alle; er trank es in einem Zug aus. Es war warm und schmeckte schal.

Jirka wusste, dass er nicht würde pinkeln können, aber sein Körper sagte ihm, dass er pinkeln musste. Er stellte sich ans Pissoir. Der Schwanz des Typen neben ihm war genauso verschrumpelt wie seiner.

Vielleicht hatte er besseres Pulver dabei? Oder sollte er auf die Pillen umsteigen?

Die beiden lächelten sich an, verstanden, ja kannten einander, obwohl sie sich nie zuvor begegnet waren. Und standen immer noch da, als die Männer links und rechts aussen längst fertig waren. Sie lächelten sich erneut zu, packten ihre Schrumpelschwänze ein und wuschen sich so lange die Hände, bis sie ungesehen in einer der Kabinen verschwinden konnten. Dort klaubte Jirka das durchsichtige Tütchen mit den drei grünen Pillen aus der kleinen Jeanstasche, die wohl für Kleingeld gedacht und immer auf der rechten Seite angebracht war, egal bei welcher Marke.

Bist du oft hier?, fragte Jirka seinen Begleiter und erinnerte sich dann, dass sie nicht gehört werden durften, wie sie zu zweit eingesperrt waren.

Vor ein paar Klubnächten war er wie vorher am Pissoir gestanden und hatte gesehen, wie ein Männerpaar verschwand in derselben Kabine. Ein anderer Typ hatte die beiden ebenfalls beobachtet. Kurze Zeit später schaute einer der Securitybrocken auf seinem Rundgang ins Klo und Jirkas Pinkelnachbar deutete auf die verschlossene Kabinentür, streckte zwei Finger in die Luft. Die beiden Männer mussten *Sofort!* aus der Kabine kommen.

Sonst breche ich die Türe auf, verstanden?

Und bekamen Hausverbot.

Nichts war mehr wie früher, dachte Jirka damals und schämte sich, weil er nichts gesagt hatte.

Bist du oft hier?

Sein permanent lächelnder Begleiter antwortete nicht, streckte Jirka das Wasserglas hin, das er mitgebracht hatte. Jirka lehnte ab. Wenn schon Gastgeber, dann richtig, dachte er und liess den anderen zuerst eine Pille schlucken, platzierte die eigene in der Zwischenzeit auf seiner Zunge und nahm das Wasserglas erst an, als der andere fertig war. Das Wasser war Gin Tonic. Jirka trank drei grosse Schlucke, spürte die Kohlensäurebläschen prickeln auf seiner pelzigen Zunge, spürte die kühle, bittersüsse Flüssigkeit in seiner Speiseröhre und, so schien es ihm, bis in den Magen hinunter. Sein Begleiter wartete, bis Jirka die übriggebliebene Pille in der Hose verstaut hatte, und sperrte die Kabinentüre auf. Diesmal liess er Jirka den Vortritt und fasste ihm als Dank einmal kurz an die Schulter, wie es die beiden anderen Typen auf der Tanzfläche vorgemacht hatten. Jirka gehörte dazu. Er war eingeweiht und aufgenommen worden in den geheimen Männerbund. Dann standen sie draussen.

Das Klo hatte sich gefüllt; bei den Waschbecken lungerte eine Gruppe Jungs herum. Sie schäkerten miteinander, starrten sich an im Spiegel, wuschen sich: Hände, Unterarme, das hochrote Gesicht. Einer sah die beiden aus der Kabine kommen.

He, habt ihr mir auch was?

Jirka schüttelte entschuldigend den Kopf, hob beide Hände, Handflächen nach oben – nichts zu machen; alles weg –, und versuchte, seinen Pillengast, den Bruder nicht zu verlieren auf dem Weg nach draussen und Richtung Musik.

Jirka tanzte auf Distanz, betrachtete den Hinterkopf seines neuen Freundes, seines Verbündeten, der Nacken zu schmal für die Schultern, die Ohren leicht abstehend, ein Männerkörper, in dem der Knabe noch steckte, die unbehaarten Arme, deren Bewegungen langsam weicher wurden und introvertierter.

Jirka tanzte, bis seine Knie, die Beine Butter waren, seine Eingeweide schwer wie Teig, sein Herzpochen hörbar über dem Urmeerrauschen seines Blutes in seinen Ohren, diese Ohren, die tausend waren und in diesen nichts als Musik.

Jirka tanzte, bis er alle umarmen wollte – seine langen Arme ausstrecken, die Arme plötzlich aus Plastilin, und den jungen Mann umarmen, seinen Freund umarmen, dem er sich nun näherte, ganz langsam sich anschlich von hinten, immer im Takt der Musik, diesem Seil, das an ihm zieht, bis Jirka den Arsch des jungen Mannes in seinem Schritt spürt und sie beide im selben Rhythmus tanzen, aneinandergepresst tanzen im einzigen Rhythmus, der möglich ist, lange Sekunden im Rhythmus der Verschmelzung. Und Jirka weiss, dass der andere weiss, weil er sich nicht umdreht, sich weiter an ihm reibt und weiter. Die Sekunden wachsen zu Minuten aus, ewige Minuten, in denen sich die Musik immer höher schwingt, immer höher und schneller, um sich dann selber hinauszuzögern, erneut Anlauf zu holen und noch höher, höher.

Und dann dreht sich der junge Mann doch um, schweissnasse Haarsträhnen im Gesicht, die Innenseite der Unterlippe zwischen den Zähnen und trotzdem ein Lächeln und wieder der Griff an Jirkas Schulter und:

Du, ich brauche eine Pause. Ich mag dich, aber ich bin nicht so.

Ich weiss, sagt Jirka. Macht nichts.

Denn niemand ist so im Klub mit dem starren Blick, höchstens zur allerspätesten Stunde, und Jirka weiss: Er muss weiter. Er hält es nicht mehr aus, braucht Platz, jede Berührung eine Gefahr, die Menschen sind unerträglich viele geworden und unerträglich nah mit ihren Gerüchen und dem Gerede, den Ellbogen und Füssen, den Beinen, Armen, Händen – fass mich nicht an.

Schon nach Hause, sagt der Türsteher, den Jirka noch nie gesehen hat, der neu sein muss und den er trotzdem kennt, schon immer gekannt hat, und obwohl es mehr eine Feststellung als eine Frage gewesen war, nickt Jirka und gibt die Berührung von vorher weiter: ein kurzer Griff an die Schulter des Mannes.

Jirka biegt um die Ecke und legt sein Lächeln ab, hängt es an ein Verbotsschild, alter Hut, und geht die lange Strasse hoch, die passend Langstrasse heisst und länger ist als sonst, viel zu lange.

In dem Moment, genau an dieser Stelle, möchte ich ihn an der Hand nehmen, an seiner trotz der Kälte bestimmt verschwitzten Hand mit den schönen langen Fingern, wie die eines Pianisten, nur die Nägel ausgezackt, die Häutchen eingerissen, manchmal, bis es blutet – diese Hand in meine nehmen und ihn zu mir ziehen, weg von der Strasse, hoch hinauf in die Luft ziehen, denn wir sind Hexen und fliegen in einem hohen Bogen direkt zu mir ins Schlafzimmer und in eine andere Zukunft, in der wir aufwachen und diese Tage und Nächte: nie passiert.

Aber Jirka verliert seinen Halt, seine nasse Hand rutscht ab. Ich versuche, fester zuzudrücken. Es nützt nichts. Jirka saust durch den Nachthimmel und kracht durch das Dach seines Hauses, durch die Wohnung oberhalb seiner fällt er, vorbei an dem traurigen Nachbarn, der auf dem Sofa eingeschlafen ist und der ständig von seinem Leid erzählen will in der Waschküche, und landet mit einem Knall am Boden vor der Truhe, auf dem sein Laptop steht, mit dem Jirka immer tiefer und tiefer vorstösst, Taste um Taste auf fiebriger Mission, in die Innereien dieses Monsters namens Internet.

Ich weiss nicht, was Sie für Übungen machen nachts um drei, hatte sich die andere Nachbarin, diejenige unter ihm, schon zwei Wochen nach seinem Einzug beklagt. Wenigstens die Musik könnten Sie leiser stellen.

Jirka hatte daraufhin zwei Schaumstoffplatten zugeschnitten, die Ränder schwarz bemalt mit einem dicken wasserfesten Filzstift und die improvisierten Schalldämpfer zwischen den Boden und seine Hightech-Boxen geschoben. Und war fortan sehr bedacht, die Nachbarin im Treppenhaus freundlich zu grüssen. Sie kam trotzdem ständig wieder, und einmal drohte sie, die Verwaltung einzuschalten, sollte sich der Lärm nicht legen. Worauf Jirka das Problem ignorierte, und jeweils auch seine Nachbarin im Treppenhaus, weil er wusste, dass ihn die Verwalterin mochte.

Jirka kippte das restliche Königspulver auf eine tellergrosse Spiegelscherbe. Die Scherbe stammte von seinem letzten Umzug, während dem der Spiegel in die Brüche gegangen war.

Sieben Jahre schlechten Sex, hatten seine Freunde, die ihm beim Umziehen halfen, gewitzelt.

Er hatte das grösste Stück aufbewahrt und es in der neuen Wohnung hinter den wenigen Büchern und den CD-Stapeln im Regal verstaut – für ebendiesen Zweck.

Jirka hackte die restlichen Klumpen mit einer Supermarkt-Bonuskarte klein und teilte das Pulver in zwei gleich grosse Häuflein. Danach formte er diese mit schnellen, geübten Bewegungen zu zwei Linien, die er durch eine zum Röhrchen gedrehte Zwanzigernote je ein Nasenloch hochzog.

Dazu hat Jirka Bier getrunken, stelle ich mir vor, und Pornos geschaut.

Es muss zwei oder drei in der Früh gewesen sein. Das Koks fuhr; die Musik konnte nicht laut genug sein.

Er hat nicht einmal die Schuhe ausgezogen, die nasse Fussabdrücke hinterliessen auf dem Parkett von der Wohnungstüre bis zum Laptop, von da zum Kühlschrank in der Küche, zum Schrank mit der Spiegelscherbe und zurück zum Laptop.

Es war ihm kalt von den Drogen und vom Alkohol. Er hatte nichts gegessen seit Freitag um sechs oder sieben. Vor dem Yoga hatte er zum letzten Mal gegessen. Etwas Leichtes, hatte er sich gesagt – eine Banane wegen der Energie, ein Joghurt, einen Getreideriegel, was weiss ich.

Ich weiss nur, dass ich ihn sehe vor dem Laptop, die Schuhe noch an, die Jeans um die Knöchel, neben ihm die Dose

Bier und vor ihm die Pornos, einer nach dem anderen und in jedem sind die Typen dieselben, sind sich gleich, sind alle Typen, die er nie gekriegt hat, und nun zog Jirka die Schuhe doch aus, kickte sie weg, strampelte sich aus seiner Jeans, seiner Unterhose, verlor kurz die Balance, das Parkett kalt unter seinem nackten Hintern, klickte weiter, *Hardcore Army Action*, *College Dudes Caught in Lockerrom, Outdoor Group Session*, nur die Typen blieben dieselben, die Typen waren ich, alle waren sie Patrick, der mit einem Finger, dem Zeigefinger, über Jirkas Brustbein fährt und haltmacht kurz vor seinem Bauchnabel, den ausgestreckten Finger wegzieht, als würde er sich vor Jirka ekeln, alle ekeln sie sich vor ihm, und er schaut zu, wie Patrick aufsteht, alle aufstehen, nachdem sie ihr Geschäft erledigt, ihn besudelt haben, wie Patrick sich anzieht und geht.

Jirka blieb sitzen. Sein Schwanz wollte nicht steif werden und lag kleiner als je in seiner Hand.

Weil die Nachbarin mit den Fäusten gegen seine Tür polterte, schaltete Jirka die Musik aus. Nur das rhythmische Klicken der Tastatur war zu vernehmen in der Stille.

Eine halbe Stunde später schlich er aus der Wohnung und das gespenstisch ruhige Treppenhaus hinunter, als schämte er sich schon im Voraus für das, was er erst noch tun würde – für seinen Versuch, mein Gehen ein paar Stunden zuvor ungeschehen zu machen, mich zuzudecken mit einer anderen Erinnerung, meinen Körper, mein Gesicht, meinen Geruch zu verbergen hinter dem Körper, dem Gesicht, dem Geruch eines anderen Mannes. Mich auszulöschen.

Die Strassen waren leer und der Tau schimmerte im Licht der Strassenlampen auf den Tramschienen. Niemand mehr war unterwegs – oder noch nicht. Das Haus, dessen Nummer Jirka ins Handy getippt hatte und gespeichert unter *OpenHouse*, um sie nicht zu vergessen, lag nur ein paar hundert Meter Luftlinie weiter. Jirka ging schnell, nahm die Abkürzung durch den Innenhof der städtischen Wohnsiedlung. Im Gegensatz zu vorher, beim Verlassen des Klubs, nagte nun die Kälte an ihm. Wegen des Koks fühlte er sich komplett nüchtern, obwohl er ein Bier ums andere getrunken hatte vor dem Laptop.

Es waren nur wenige online gewesen im Blauen Salon, als Jirka die Pornos aufgegeben und begonnen hatte, sich von Profil zu Profil zu hangeln. Er klickte alle an, egal mit welchem Suchstatus die Typen dahinter eingeloggt waren – *Nix, Date, Sex, Beziehung* oder *Freunde* –, und schrieb jedem eine Nachricht, der ein halbwegs akzeptables Bild in sein Profil gestellt hatte: *was suchst du?*

Noch bevor jemand geantwortet hatte, erreichte ihn die Nachricht von *OpenHouse*: *komm vorbei, es ist alles da – friends, drinx, chems.*

Das Profil war nichtssagend; bis auf das Alter (36), die Grösse (182), das Gewicht (75) waren alle Felder leer: *Keine Angaben.*

Das Strandbild, das den Profilbesitzer zeigen sollte, war entweder aus dem Internet geklaut oder Jahre alt, denn der Mann darauf war höchstens 30, schätzte Jirka. Allerhöchstens. Er hatte ihn nicht angeschrieben und antwortete trotzdem: *friends? wer so?*

Worauf lange keine Nachricht mehr kam und er sich überlegte, ob er nicht besser ins Bett gehen sollte – ein letztes Bier und dann schlafen. Denn es musste schon bald Morgen sein. Jirka hasste es, wenn er noch wach war und das erste Tram hörte, wenn die Strassenlampen ausgingen und er das Licht den Himmel blau färben sah. Gerade als er aufstehen wollte, um die Jalousien zu schliessen, gerade als er die Tastenkombination drücken wollte, die das Programm beenden würde, gerade dann erschrak er ob des elektronischen Peitschenschlags, der den Eingang einer neuen Nachricht signalisierte.

Man konnte wählen zwischen dem Grunzen eines Schweins, dem Bellen eines Hundes (eine Katze fehlte), dem Quaken eines Frosches, einer Harfe, einer Türklingel oder eben: diesem Peitschenschlag.

Weshalb so laut?

Bevor er die Nachricht las, prüfte er oben rechts die Einstellungen. Der Ton war auf Maximum eingestellt.

Hatte er Musik gehört? Eben erst? Hatte er Musik gehört, als die erste Nachricht hereingekommen war? War er deshalb nicht erschrocken über die Peitsche?

OpenHouse schickte ihm ohne Kommentar vier weitere Profilnamen. Jirka hatte Mühe, die Namen einzeln zu markieren mit der Maus und sie herauszukopieren und im Feld für die User-Suche einzufügen. Seine Hand zitterte. Geschafft: der Erste. Geschafft: der Zweite …

Er schaute sich die Männer an. Allesamt waren sie jünger als *OpenHouse*, bei allen korrespondierte das Bild mehr oder weniger mit den Angaben, allesamt waren sie –

Jirka konnte sich nicht an den ersten der vier erinnern, ging zur Nachricht zurück, kopierte den Nickname erneut in das Feld für die User-Suche. Ja, allesamt waren sie – ganz in Ordnung.

Wieder der Peitschenschlag, wieder erschrak Jirka. Er klickte oben rechts auf das Symbol für Mute. Stumm. Aus. Ruhe!

wann kannst du da sein?

in zwanzig minuten, schrieb Jirka.

Und mit dem hast du? Mit diesem Schleimbeutel?, frage ich, als du vom Klo ins Wohnzimmer zurückkommst, wo ich immer noch sitze und den schwarzen Bildschirm anstarre.

Er hat nur zugeschaut und Koks gebracht, sagst du. Ich bin mit seinem Freund ins Schlafzimmer gegangen. Die anderen waren im Wohnzimmer, auf dem Sofa, sind erst später dazugekommen. Toni sass an seinem Schreibtisch und hat gechattet. Ab und zu hat er zu uns reingeschaut.

Ich stelle mir vor, wie du dich ficken lässt von einem Typen, der nicht ich bin. Ich stelle mir vor, wie du dich, halb bewusstlos, von mehreren Typen ficken lässt, die nicht ich sind. Und obwohl ich wissen will, wie es gewesen ist, alle Details hören will, wie er ausgesehen, wie sie ausgesehen haben, ihr Alter, alles –

Hast du an mich gedacht?

Ich war zugedröhnt. Ich habe nichts mehr gedacht.

Du machst es dir zu einfach.

Verflucht habe ich dich. Ist das besser?

Ja.

Verflucht und unaufhörlich an dich gedacht und wie du gegangen bist, wie du mich alleine gelassen hast mit mir selber – der arme kleine Jirka ganz allein und hilflos. Und alles nur, weil du einen grossen Schiss in der Hose hattest, ich könnte der Richtige sein nach dreissig armseligen Jahren. Willst du hören, dass ich dir die Schuld gegeben habe schon da, flach auf dem Bauch, und auch am nächsten Morgen und immer? Ist es das, was du hören möchtest? Oder dass ich es geil fand, richtig geil, von vier, fünf, sechs Männern durchgevögelt zu werden?

Ich möchte, dass du verschwindest.

Ob du willst oder nicht: Du steckst mit drin.

Es klingt wie eine Drohung.

Hau ab, sage ich.

Du musst zum Arzt.

Ich will, dass du abhaust.

Morgen gehen wir zu Doktor Feller. Du musst dich testen lassen.

Als wäre die Sache somit abgeschlossen, bist es diesmal du, der mich an der Hand nimmt. Du führst mich ins Schlafzimmer. Ich sträube mich nicht.

Bevor du dich ganz ausziehen kannst – die Boxershorts hast du noch an –, sagst du:

Schon wieder.

Und rennst aus dem Zimmer.

Ich kann hören, wie du abrupt stehen bleibst im Flur. Du sagst:

Scheisse!

Und jetzt sitzt du im Schneidersitz auf meinem Bett und rauchst.

Ich mag dich nicht in dem Moment; alles an dir scheint gierig und schmal.

Wieder anfangen zu rauchen – das Dümmste, was du tun kannst, möchte ich sagen, und obwohl ich mir die Bemerkung verkneife, müssen meine Augen mich verraten haben, denn du konterst mein Schweigen mit fester Stimme und also bestimmt:

Ich habe keine Kraft mehr, stark zu sein.

Das Pathos deines Satzes, auch das kommentiere ich nicht.

Mein Bett ist deine Bühne; du lässt dich rückwärts auf die Matratze fallen. Der geklaute Aschenbecher kippt aufs Parkett, rollt wie ein weggesprengtes Wagenrad quer durchs Zimmer, dreht sich in einer immer enger werdenden Spirale auf der unteren Seitenkante um sich selbst, kommt zum Stillstand. Du willst aufstehen und den Aschenbecher holen, der noch leer war, weil du deine allererste Zigarette rauchst seit der Diagnose, die im Moment unsere einzige Sicherheit ist.

Bleib liegen, sage ich.

Ich habe den Kopf aufgestützt auf einer Hand und schaue dich an.

Ich befürchte, das Vergessen könne schon einsetzen, wenn ich die Augen schliesse.

An den Tagen, die wir nicht zusammen verbracht haben, hatte ich stets Mühe, dein Gesicht vor mir zu sehen, und auch wenn wir nebeneinander hergingen, musste ich mich ständig zu dir drehen, um mich deiner Präsenz zu vergewissern.

Dass du dich zudecken solltest, denke ich, sage aber nichts.

Ich stehe ein letztes Mal auf, gehe ins Wohnzimmer und mache Musik an.

Was ist das?, fragst du, als ich zurück ins Schlafzimmer komme.

Die Grosse legt sich neben mich ins Bett; sie atmet nicht. Ihre Grabeskälte überträgt sich auf meinen Körper.

7

Die Praxis von Doktor Feller liegt im Seefeld und somit am anderen Ende der Stadt.

Die Praxisassistentin heisst Brigitte. Du begrüsst sie wie eine alte Bekannte.

Brigittes Fröhlichkeit ist aufgesetzt und reicht ihr nur bis zur Stirn, die permanent in Falten liegt.

Dann bist du Patrick, sagt sie.

Brigitte spricht zu laut; Brigittes Stimme ist schrill.

Ja, antworte ich.

Wie das genau sei mit dem Arztgeheimnis, geht mir durch den Kopf, im Verhältnis zwischen Arzt und Assistentin?

Und mit mehr Nachdruck:

Ja, ich bin Patrick.

Obwohl ich Doktor Feller noch nicht kenne, stelle ich mir die beiden vor, wie sie über Mittag in einem Restaurant sitzen und ihre Patienten durchgehen wie Gymnasiasten, die über ihre Mitschüler lästern.

Anstatt an einem Schild trägt Brigitte ihren Namen in Dunkelblau aufgestickt am weissen Kittel über der linken Brust.

Du schaust weg, als sie mir geschäftig den Oberarm abbindet, die eine Hand in einen hautfarbenen Handschuh zwängt, an jedem Latexfinger kurz zieht, dass es schnalzt, eine Nadel nimmt und diese in der Kuhle meines Ellbogens versenkt. Ich schaue hin und kann die Ader, die sie anzapft, kaum ausfindig machen. Sie hält mit der behandschuhten Hand die Nadel fest, mit der anderen wechselt sie mehrmals die Aufsätze der Spritze – reagenzglasähnliche Behälter aus Plastik, die sich automatisch mit meinem Blut vollsaugen.

Die Auswertung der Tests würde mindestens drei Tage in Anspruch nehmen, sagt Brigitte, als sie fertig ist und mir ein kleines weisses Pflaster über die Einstichstelle geklebt hat. Am Donnerstagmorgen sei alles gänzlich ausgebucht und am Nachmittag bliebe die Praxis geschlossen, sie könne mir keinen anderen Termin geben als am Freitag um Viertel nach drei.

Da arbeite ich.

Kannst du nicht die Schicht tauschen mit wem?

Wir spielen das Spiel, bei dem man sich so lange in die Augen schaut, bis der eine blinzeln muss. Du verlierst. Erstmals fällt mir auf, wie kurz deine Wimpern sind. Ich habe sie mir immer lange vorgestellt, wie die einer Frau.

Ich rufe Sylvie an.

Sylv, möchtest du am Freitag mit mir tauschen? I'm on late.

Du schenkst mir Schlaf?

I've got an appointment I can't change, sage ich.

Das ist super. Wir bewirten am Donnerstag Freunde und ich hatte schon Angst: Was, wenn es spät werden sollte?

Ich muss schmunzeln über Sylvies Wortwahl, ihr fast zu perfektes Deutsch.

Nicht nur darin ist sie meiner Mutter sehr ähnlich.

Auf der Redaktion bemühen sich die wahren *native speakers*, Deutsch zu sprechen mit uns anderen, während wir

Schweizer meist auf Englisch antworten, als wollten die beiden Fraktionen einander beweisen, dass sie der jeweils anderen Sprache genau so mächtig sind.

Also komme ich um zehn?

I owe you one, Sylv, sage ich.

Nein, nein – ich bin in deiner Schuld. Und, Patrick?

Ja?

Wenn du etwas brauchst, sagt sie und wechselt unvermittelt ins Englische, wohl um zu unterstreichen, dass das Gesagte von Herzen kommt und also ernst gemeint ist:

If there's anything I can do for you …

Thanks, Sylvie.

Ich schaue auf das Telefon in meiner Hand. *Call ended*, steht da. Dann wird das Display schwarz. Ich sehe mein Gesicht darin gespiegelt, in die Länge gezogen, verzerrt. Ich weiss nicht, was denken.

In der anderen Hand halte ich ein Terminkärtchen: Freitag, fünfzehn Uhr fünfzehn.

Als ich im Sommer und nach der Beerdigung der Grossen wieder zur Arbeit gekommen war, hatte eine Kondolenzkarte auf der Tastatur meines Computers gelegen. Sie war nur vom Chef unterschrieben. Ich legte sie unter die oberste Zeitung auf den Altpapierstapel, der täglich vom Putzpersonal weggeschafft wird.

Ich hatte bis dahin angenommen, mein Chef habe meinen Arbeitskolleginnen und Arbeitskollegen nicht gesagt, dass meine Schwester gestorben war, sondern nur, ich sei krank. Sonst hätten sie ebenfalls unterschrieben.

Weshalb also Sylvies plötzliche Sorge um mich?

Was mir fehlt, geht niemanden etwas an.

Abgesehen vom Warteraum und vom Empfangszimmer, über das Brigitte herrscht, gibt es bei Doktor Feller ein Besprechungszimmer und ein Untersuchungszimmer. Das Besprechungszimmer sieht aus, wie man sich das Studierzimmer eines strengen Vaters um die Jahrhundertwende vorstellt, für das man als Kind Zutrittsverbot hat.

Nachdem Brigitte an meinem Arm Blut genommen und auch mit dir einen weiteren Termin ausgemacht hat, schickt sie dich zu Doktor Feller in den Untersuchungsraum. Mich bittet sie, im Besprechungszimmer auf euch zu warten:

Gleich beim Eingang rechts.

Ich setze mich auf einen der schwarzen Ledersessel vor dem antiken Schreibtisch. Neben der Türe zum Flur, durch die ich eingetreten bin, gibt es eine zweite zwischen den beiden Bücherregalen: eine Verbindungstüre zum Untersuchungsraum. Sie ist geschlossen, aber ich höre Doktor Feller reden und dich kichern.

Ich will aufstehen und gehen.

Nein, hast du gesagt gestern Abend, du wissest nicht, wer es gewesen sei, wie sie ausgesehen hätten. Sie seien auch nicht verlinkt mit *OpenHouse* im Blauen Salon.

Plötzlich habe ich das Gefühl, du hast mich angelogen.

Aber ich weiss nicht, weshalb es wichtig sein soll.

Ich habe mich ohnehin mit falschem Namen vorgestellt, sagtest du.

Mit Andreas?, fragte ich, und du schautest mich verblüfft an.

Weshalb weisst du das?

Was soll einem sonst in den Sinn kommen, als der eigene Mittelname?, sagte ich, und: Hast du an mich gedacht?

Das Bild, das ich sehe, ist nicht bewegt. Es zeigt dich auf allen vieren in einem fremden Bett. Dein Rücken ist durchgekrümmt, der Arsch in die Höhe gereckt. Du bist allein, hast den Kopf zur Seite gedreht und schaust den Betrachter direkt an, die Pupillen weit geöffnet. *Bitte!,* höre ich dich sagen. Ein zweites Bild schiebt sich über das erste wie eine Folie. Jetzt steckt ein Schwanz in deinem Arsch. Den dazugehörigen Mann kann ich nicht erkennen; auf dem Bild ist er abgeschnitten. Im dritten halten zwei Hände deinen Hinterkopf in Position und jemand fickt deinen Rachen. Aus dem Off höre ich eine Hand auf deinen Hintern klatschen und ein Wimmern aus deinem Mund, hin und wieder ein Würgen. Im vierten Bild stehen weitere Männer um das Bett herum, reiben sich steif und warten, bis sie an der Reihe sind und bis ich, im letzten Bild der Serie, nur noch eine schwitzende Männermasse, einen einzigen Klumpen Fleisch erkennen kann und dich darunter nicht mehr. Eine grunzende, schnaubende, grölende Horde, die über dich hergefallen –

Die Verbindungstüre geht auf; Doktor Feller lässt dir den Vortritt. Der Arzt trägt eine weisse Jeans, den obligaten weissen Kittel lässig geöffnet und darunter ein weisses T-Shirt mit dem dunkelblauen Logo der FMH: die drei Buchstaben und eine graue Schlange, die sich um einen blauen Stab kringelt. Darunter der graue Schriftzug: *Swiss Medical Association.* Ein Stethoskop um den Hals gehängt hat er keines. An den Füssen, wie kann es anders sein: weisse Birkenstöcke.

FMH. Die drei Buchstaben brennen sich in meine Netzhaut, wie sich diese anderen drei in meinem Hirn eingebrannt haben. Sie reihen sich hintereinander auf und tanzen in meinem Kopf eine Polonaise: FMHIV-FMHIV-FMHIV.

Ich frage mich, ob er die T-Shirts gratis bekommt und in welcher Sprache FMH die Abkürzung von *Swiss Medical Association* sein soll. Später gebe ich die drei Buchstaben im Internet ein: *Foederatio Medicorum Helveticorum.*

Dekorum, denke ich, und wie wir Tatsachen so lange ausschmücken und in Fremdsprachen packen, bis sie uns nichts mehr anhaben können.

Human Immunodeficiency Virus.

Nur das *Virus* bleibt sich in allen Sprachen gleich, und in allen Sprachen ist es hungrig und blinkt – blinkt schon längst durch meine Blutbahnen, bin ich mir sicher.

Doktor Feller muss um die fünfzig sein, hat dichtes graues Haar, grosse grüne Augen und für seine schlanke Statur auch übergrosse rot-rauhe Hände, die besser zu einem Bauarbeiter passen würden als zu einem Arzt.

Anstatt meine Hand zu schütteln, fasst er mir an die Schulter und sagt:

Bleib sitzen. Ich bin Stefan.

Mir widerstrebt es, diesen Mann zu duzen, von dem ich will, dass er nichts ist als Arzt. Weder einen Vertrauten noch eine Vaterfigur und schon gar keinen Freund will ich in ihm sehen – weder für dich noch für mich.

Geht's, sagst du.

Wieder spielen wir das Blinzelspiel. Diesmal verliere ich.

Das alles ist schwierig für euch, ich weiss, sagt Doktor Feller.

Die Worte scheinen von weit her zu kommen; ich habe Mühe, sie zu verstehen.

Wie lange seid ihr überhaupt zusammen? Jirka hat mir anfänglich leider nichts von dir erzählt, sonst hätte ich dich sofort hergebeten.

Du übernimmst das Reden, und ich konzentriere mich darauf, wenigstens wach auszusehen. Ich fixiere Doktor Fellers Mund und die perfekten weissen Zähne, die so angeordnet sind, dass die einzelnen perfekten Zähne sich zu einem perfekten Gebiss formieren. Ich halte es nicht länger aus, in diese Weissfresse zu schauen, und senke meinen Blick. Er bleibt auf dem bronzenen Briefbeschwerer haften: ein klobiges, wie aus Kinderhand geformtes Pferd im Sprung. Art Brut, denke ich und wie brutal und zugleich befriedigend es wäre, das Pferd hochzuheben und damit Doktor Fellers Gebiss zu zertrümmern.

Patrick, sagst du und schaust mich herausfordernd an.

Was?

Stefan hat gefragt, wann dein letzter Test war.

Eine Sekunde lang weiss ich nicht, wer Stefan ist.

Ist das wichtig?

Sonst würde er nicht fragen.

Meine Hand mit dem Pferd holt erneut aus. Ich sehe, wie der spitze Schweif in deinem Schädel stecken bleibt und das Blut überall – die Ledersessel im Eimer.

Aidstest, meinst du? Vor einem Jahr. Mindestens.

Korrekt hiesse es HIV-Test. Man sucht nach Antikörpern und in deinem Fall zusätzlich nach Viren, weshalb dir Brigitte die doppelte Menge Blut entnommen hat als üblich. Letzterer Test ist aufwendiger und teurer, ergibt aber ein zuverlässigeres Resultat, sagt Doktor Feller.

In Gedanken weigere ich mich weiterhin, ihn Stefan zu nennen.

Niemand hat Aids, sagst du.

Und niemand stirbt?

Hör auf.

Mein letzter HIV-Test war vor mindestens einem Jahr.

Ich stelle jeden einzelnen der drei Buchstaben aus, mache eine kurze und doch viel zu lange Pause vor dem Wort *Test.*

Doktor Feller tippt meine Antwort in seinen Computer. Falls ihm die Anspannung zwischen Jirka und mir unangenehm ist, so lässt er sich nichts anmerken.

Er war negativ, füge ich an, falls Sie –

falls du das für deine Akte brauchst.

Danke, Patrick. Das ist natürlich alles vertraulich.

Selbstverständlich, sage ich und finde das Wort eine unpassende Übersetzung für: that goes without saying.

Wieder will ich gehen, ohne ein weiteres Wort zu sagen.

Du legst mir deine Hand auf den Unterarm; sie ist feucht.

Ich müsste bald mal zur Arbeit.

Du hast Angst, das ist normal.

Vor allem habe ich wenig Zeit.

Obwohl an Doktor Feller gerichtet, sind meine Giftpfeile für dich bestimmt.

In meiner Vorstellung versteckst du dich hinter deinem Arzt, um nicht getroffen zu werden, hältst dich gar an einem Zipfel seines Kittels fest.

In Wahrheit ziehst du lediglich deine Hand von meinem Arm. Du schiebst sie, und auch die andere, unter deine Oberschenkel, als müsstest du dich beherrschen, nicht um dich zu schlagen.

Ich könnte dich mögen, Patrick, aber das ist irrelevant. Beside the point, geht mir durch den Kopf und: exactly.

Ich tue nur meine Arbeit.

Ich werde rot und schaue auf den Orientteppich zu meinen Füssen. Aus den Augenwinkeln sehe ich das Lächeln, das über deine Lippen huscht. Ihr beiden habt euch längst verbrüdert im Kampf gegen die Krankheit, die nur aus Nebenwirkungen bestehen wird, wenn alles gutgeht und du die Medikamente regelmässig nimmst.

Wir reden nächstes Mal unter vier Augen, schiebt Doktor Feller nach, und nun ist es an dir, rot zu werden. Hat dir Brigitte schon einen Termin gegeben?

Ja, für Freitag.

Sehr gut, sagt der Arzt und steht auf.

Ich bin offensichtlich entlassen; du bleibst sitzen.

Im leeren Wartezimmer lehne ich mich ans Fensterbrett. Ein paar Minuten später höre ich, wie du dich von Brigitte verabschiedest. Sie sagt dir nicht, dass ich noch da bin, hat es wohl gar nicht registriert. Du verlässt die Praxis. Ich hätte dich einholen, mich an der Tramhaltestelle von hinten anschleichen und die Arme um deinen Hals werfen, dir die Augen verdecken können, bevor du dich umgedreht und ich dich auf den Mund geküsst hätte, um mich für mein Benehmen zu entschuldigen.

Ich bleibe sitzen und zähle langsam und lautlos auf hundert, halte kurz inne, zähle weiter. Bei zweihundertsechsunddreissig kommt eine alte Frau mit blaugetönten Haaren ins Wartezimmer. Ich stosse mich vom Fensterbrett ab.

Gute Besserung, sage ich.

Am dritten oder vierten Abend unserer Blaumache fand ich Jirkas erstes graues Haar. Ich riss es ohne Vorwarnung aus; er zuckte zusammen. Dann nahm er das graue Haar und hielt es zwischen Daumen und Zeigefinger gegen das Licht der Deckenlampe, um zu schauen, ob es wirklich grau war. Es war eher durchsichtig. Er stand auf, klebte das Haar mit einem Streifen Tesafilm in die obere linke Ecke des Badezimmerspiegels und erzählte mir die Weisheit aus seiner Familie, wonach derjenige, der sein erstes graues Haar aufbewahrt, nie alt wird. Er liess offen, ob sein Vater oder aber seine Mutter ihm die Geschichte weitergegeben hatte. Mehr Familie hatte er nie; seine Grosseltern in der Tschechei kannte er kaum.

Ich dachte, wir wollten zusammen alt werden, sagte ich.

Heute spricht sein Kuss von damals und anstelle einer Antwort in aller Deutlichkeit aus, was er mir verschwieg, und die Wut, die meine Gedärme verknotet, als ich auf der Strasse stehe vor der Praxis, lässt sich die ganze Woche nicht abschütteln.

Trotzdem sehen wir uns jeden Abend.

Wir kommen nicht los voneinander: Ständig streift ein Fuss den anderen unter dem Tisch, finden sich zwei Schultern im Bett, berühren sich Hände flüchtig beim Zähneputzen im Bad. Nur Sex haben wir keinen, und es gibt ein einziges Gesprächsthema: deine Krankheit. Wobei Gespräch übertrieben ist – meistens redest du.

Ich stelle mir vor, wie sich in deinem Gehirn ein eigener Bereich gebildet hat, zwischen dem Ort, wo alle Lyrics gespeichtert sind von den hundert Liedern, bei denen du mitsingen, und der Region, wo die fünf, sechs Rezepte abgelegt sind, die du auswendig nachkochen kannst – ein Bereich, in dem du alle Fachbegriffe archiviert hast und alle Informationen aus den Broschüren der Aidshilfe und aus dem Internet. Du redest von deinen weissen und roten Blutkörperchen, von deinen T4-Helferzellen und deinen Lympho- und Thrombozyten, als wären es winzige Haustiere, die du liebgewonnen hast.

Nur noch einmal sagst du:

Es tut mir leid.

Ich möchte einen Hammer nehmen und dein Kopfarchiv zertrümmern; ich möchte, dass du schweigst.

Ja, sage ich und kann nicht aufhören, dich anzuschauen.

8

Das geflügelte Wort, etwas im Schlaf können –

Wenn ich die erste Schicht habe, stehe ich um vier Uhr dreissig auf. Im Sommer steige ich genau eine Stunde später aufs Rad, im Winter nehme ich um fünf Uhr vierzig den ersten Bus. Auch so bin ich noch zu früh im Büro; ich müsste erst um sechs Uhr da sein, um die Eröffnungsmeldung ans Maindesk in New York, das vierundzwanzig Stunden besetzt ist, zu schicken: *FNA int.: ZRH up. PAT resp.*

Um zu duschen und mich anzuziehen, reichten dreissig Minuten, aber dann fehlten der Kaffee und die Musik. Jeden Morgen suche ich ein Lied, das zu meiner Stimmung passt, und spiele es im Wiederholmodus ab. Habe ich frei, suche ich mir ebenfalls ein Lied aus, drücke aber nicht auf *Repeat* und lasse die CD von Anfang an laufen. Ist es eines der ersten Stücke des Albums, wird es schnell wieder still in meiner Wohnung, da ich mich beeile, die Anlage auszumachen, sobald das Lied abgespielt ist und bevor das nächste anklingt. In der Stille stellt sich sofort der Drang ein, etwas zu tun, hinauszugehen, einkaufen oder ins Café. Merke ich nach einer Weile, dass ich noch nicht bereit bin, schalte ich jeweils das Radio ein, kaum hörbar und nur als Geräuschkulisse. An solchen Tagen kann es vorkommen, dass ich die Wohnung gar nicht verlasse.

Am Freitag, genau drei Wochen nach unserer ersten Begegnung im Yoga, komme ich fast zu spät zur Arbeit. Ich tappe vom Schlafzimmer in die Stube. Für die frühe Stunde drückt der Tag schon erstaunlich hell durch die Ritzen in den Fensterläden.

Paralysiert stehe ich vor dem CD-Regal. Ich finde kein Lied für diesen Morgen – eine ganz andere, eine noch nie gehörte, weil unerhörte Musik müsste her.

Ein hoher, mahnender Ton nistet sich in meinem Gehörgang ein, von einer Violine mit haarfeinen Saiten, lang gezogen und nur wahrnehmbar, weil ich still stehe, keine körpereigenen Geräusche ihn überdecken, diesen Ton, ein Tremolo jetzt –

und bricht ab.

Nur um gleich wieder einzusetzen, lauter diesmal.

Ich finde kein Lied für diesen Morgen, weil die Musik schon da ist in meinem Kopf, die Noten aufgespannt und straff gezogen zwischen meinen beiden Trommelfellen, glühende Fäden mir mitten durchs Gehirn, in Schwingung gebracht, als zupfe jemand daran in einem Rhythmus, der gar keiner ist, weil die Abstände zwischen dem stakkatoartigen Klirren kein Schema ergeben. Ein dumpfes, wie von nackten Füssen auf trockener Erde erzeugtes Stampfen gibt dem himmelhohen Sirren seinen Boden, bringt meine Schädeldecke zum Beben.

Ich schüttle mich, als sei mir kalt in der überheizten Wohnung oder Herr Obrist mit einem Fingernagel über die Wandtafel gefahren, damit die Klasse endlich verstumme.

Den ersten Bus habe ich längst verpasst, wahrscheinlich auch den zweiten.

Ich zwinge mich weg vom Regal und will ins Bad. Auf dem Weg werfe ich einen Blick vom Flur durch die Küche und aus dem Fenster in den Innenhof: der Himmel noch nachtblau, alles andere weiss – der Rasen ist weiss, der Kirschbaum, die Haselnusssträucher und, weiter hinten, das Gerüst der Schaukel, der Sandkastenrand, ebenfalls weiss. Über Nacht ist Schnee gefallen und fällt stetig weiter. Flocken, dick wie Margriten: Er liebt mich, er liebt mich nicht.

Ich will nicht lachen wie das Kind, das sich jedes Mal freut in mir, wenn ich den ersten Schnee des Jahres sehe, aber ich muss.

Ich dusche schnell und heiss und zerre wenige Minuten später mein Rad aus dem Keller, wohin ich es vor Wochen und trotz des Altweibersommers frühzeitig verbannt habe für den Winter. Es ist derselbe Keller wie in Trauten, wo die Plastikschlitten früher lagerten, die meine Mutter bevorzugte, weil sie Bremsen hatten und auch keine metallbeschlagenen Kufen wie die Rodler unserer Nachbarn: ein kleines Abteil, die vordere Wand nur ein Gitterrost mit einer abschliessbaren Türe, ebenfalls aus Holzleisten gezimmert.

Der Hinterreifen meines Fahrrads ist nicht platt, aber während das Rad unbenutzt herumstand, ist einiges an Luft entwichen. Jedes Mal wenn ich über einen Randstein fahre, spüre ich die Felgen aufschlagen, als holpere mein Schlitten über einen Stein. Es wird eine Acht geben.

Ich trete langsam in die Pedalen, um nicht ins Schlittern zu kommen auf der Schneedecke, noch nicht weggesalzen und auch noch nicht platt gewalzt vom morgendlichen Berufsverkehr, denn noch ist es früh, noch ist die Stadt leer. Immer wieder nehme ich die Augen von der Strasse, die ohnehin kaum zu erkennen ist, und recke den Kopf in den Himmel – schneeblind fahre ich zur Arbeit, mein Körper kennt den Weg.

Mit vor Kälte starren Fingern hole ich die beiden Zeitungen aus dem Paketfach des Briefkastens, stapfe mit den Schuhen auf der Fussmatte herum, bürste den Schnee so gut es geht von meiner Jacke und schliesse den Haupteingang auf. Das automatische Licht im Gebäude reagiert nicht und zu dieser Stunde bräuchte ich auch für den Lift einen Schlüssel, aber ich nehme ohnehin die Treppe, zwei Stufen auf einmal, bis in den dritten Stock. Dort öffne ich die Türe zum Empfang, der gleichzeitig Sekretariat ist für alle auf dieser Etage eingemieteten Firmen. Das Grossraumbüro der Redaktion liegt direkt dahinter.

Der Boden ist ein doppelter, dazwischen ein Hohlraum von etwa dreissig Zentimetern, wie ich gesehen hatte, als sie meinen Arbeitsplatz einrichteten: Die ganzen Kabel, kilometerweise Telefon- und Netzwerk- und Strom- und Lichtkabel, laufen unter uns hindurch in zusammengebundenen, orangefarbenen, grauen, weissen und schwarzen Strängen wie die Eingeweide des Plastiktorsos, den wir im Biologieunterricht ausräumten und wieder ein. Das Kabelwirrwarr ist abgedeckt mit Platten, die wiederum mit Filz beschichtet sind. Ich kann meine Schritte hören und den Filz riechen; zu viele Füsse in nassen Schuhen sind hier schon umhergegangen.

Als Erstes werfe ich die Kaffeemaschine an. Die FNA hat ihre eigene, weil wir die Brühe aus dem Automaten im Pausenraum der Etage scheusslich finden. Mit dem Kauf der Kapseln wechseln wir uns ab.

Danach starte ich den Computer, das Agenturprogramm und bemerke, dass ich den Atem anhalte, aus Angst, der Ton käme jeden Augenblick zurück, brächte die Stille zum Explodieren und so laut, dass er sich überschlüge in meinem Kopf.

FNA int.: ZRH up. PAT resp., tippe ich.

Ich habe mich längst entschieden und beginne zu frieren; meine Jeans spannt sich klamm über meine Oberschenkel, wie ich am Schreibtisch sitze. Von meiner Jacke, die an der Garderobe hängt, tropft Schneeschmelze auf den filzbespannten Boden.

Have a nice day, füge ich an und drücke auf F11 für Senden. In New York ist es kurz nach Mitternacht.

Du gehst nicht zum Arzt, sagte mir mein erster Gedanke nach dem Aufwachen. Ich stellte den Handywecker aus, öffnete das Nummernverzeichnis und entfernte Jirkas Eintrag. Nur aus meinem Gehirn kann ich die Zahlenkombination nicht löschen. Neben meiner ist seine Handynummer die einzige, die ich auswendig kenne, egal wie lange ich *delete* denke.

Etwas im Schlaf können – das kommt mir oft in den Sinn, wenn ich so früh und alleine in der Redaktion bin, mit nur den beiden Deckenlampen direkt über meinem Schreibtisch, der Rest des Büros dunkel. Heute schimmert der ganze Raum im milchig harten Dämmerlicht von draussen. Der Schnee fällt weiter. Ich ziehe einen Moment lang meine Brille aus und sehe hinter der Fensterfront nichts als verschwommenes Weiss.

Nachdem ich die Wirtschaftsseiten der beiden Zeitungen überflogen habe, schaue ich auf dem Ticker nach, was an der Wallstreet über Nacht passiert ist, wie der Dow Jones geschlossen hat und wie das Börsengeschehen in Asien gerade aussieht. Wir bezeichnen die Agentursoftware immer noch als Ticker, auch wenn es solche Fernschreiber, die früher Nachrichtenmeldungen übermittelten, längst nicht mehr gibt. Ich erstelle eine Einschätzung, wie die Schweizer Börse eröffnen wird – schreiben möchte ich das nicht nennen. Anschliessend durchforste ich die höchstens tausendachthundert Zeichen nach Tippfehlern, weil niemand da ist, um den Text gegenzulesen. Einen Rechtschreibemodus hat das Agenturprogramm nicht. Die IT-Abteilung kümmere sich darum, heisst es aus New York; schon seit ich da bin, seit vier, bald fünf Jahren, kümmert sie sich darum. Nachdem ich die richtigen Codes eingegeben habe (*CHE* für die Schweiz, *STK* für *Stocks*, *NAM* für Nordamerika und *SEA* für Südostasien) und die Priorität ausgewählt habe (*low*), drücke ich auf F11 und der Artikel erscheint in *Real Time* auf all den Händler- und Analystenbildschirmen bei den Banken, Finanzinstituten und den diversen Internetportalen für Selbstanleger, deren Verantwortliche von unserer Verkaufsabteilung überzeugt werden konnten, dass wir genauer, schneller und umfangreicher Bericht erstatten als die Konkurrenz.

Es ist sechs Uhr vierzig. Ich hole mir einen zweiten Kaffee. Bilder, die Jirka vielleicht auswählen würde, um meinen Text zu illustrieren, fluten meinen Kopf. Ich sehe Verkehrspolizisten in blütenweissen Handschuhen, die Rushhour-Passagiere in Waggons der Tokioter U-Bahn stopfen, die Gesichter der *Salarymen* in ihren schwarzen Anzügen – Sardinenmänner, denke ich – sind starr und ausdruckslos und wie aus Wachs. Ich sehe einen Börsenring, bevölkert von einem Schwarm kleiner, dünner Asiaten. In ihren Uniformen wirken sie wie Schüler eines Knabeninternats.

Es sind die gängigen Bilder: Etwas im Schlaf können – ganz wach bin ich nicht. Aber jedes Gesicht auf allen Bildern ist das von Jirka.

Und immer wieder Fieberkurven.

Die Kurse steigen oder fallen, so banal ist es. Dass ein Index unverändert schliesst – *SMI closes flat* – ist nur möglich, weil man sich darauf geeinigt hat, bis auf welche Kommastelle man die Bewegung angibt.

Der Mensch kann immer nur vor oder zurück. Stillstand ist unmöglich. Und doch sehne ich mich nach nichts mehr, als dass sie anhalten würde, meine Welt.

Es ist sechs Uhr fünfundvierzig. Jirka wird noch schlafen – zum ersten Mal seit seinem Geständnis bei sich zu Hause, weil ich Frühdienst habe. Er muss erst um neun im Büro sein.

Ich packe den geschenkten Tag aus mit der roten Schlaufe. Es war unser schönster. Noch einmal gehen wir im Kreis durch die Innenstadt, setzen uns auf die feuchte Bank. Jirka erzählt mir, wie er sich zum Bildredakteur hocharbeitete, denn eine entsprechende Ausbildung hat er keine. Nach der obligatorischen Schulzeit absolvierte er eine Lehre zum kaufmännischen Angestellten in einem Import/Export-Geschäft und arbeitete danach für einen Blumengrosshändler. Herrschte Hochbetrieb, zu Ostern etwa oder am Valentinstag, half er die Blumen und Gestecke ausliefern, fuhr frühmorgens mit einem Kombi durch die schlafstille Stadt, trank Kaffee mit den Kunden und spürte zum ersten Mal in seinem Leben, dass er etwas Sinnvolles tat: Menschen helfen, anderen Menschen eine Freude zu bereiten.

Ich fand seine Schilderung kitschig und war trotzdem gerührt. Er erzählte in den blauen Himmel, ich schaute ihn von der Seite an, und es fiel mir auf, dass keine Insekten mehr herumschwirrten, dass die Sonne zwar schien, aber der Spätsommer endgültig vorbei war: das Licht bereits hart und gleissend.

Heute kann Jirka keine Blumen mehr sehen, zumindest nicht als Bildmotiv, wird aber trotzdem traurig, wenn er im Lokalteil der Zeitung liest, ein weiterer Florist sei Konkurs gegangen.

Jirka hatte die Stellenausschreibung der Fotoagentur für eine/n Sachberabeiter/in siebzig Prozent zufällig gesehen. Das Bild eines Sonnenblumenfelds hinderte ihn am Umblättern, als er wie jeden Morgen die Zeitung von der ersten bis zur letzten Seite überflog, inklusive Beilagen wie Stellenanzeiger oder *MotoSport.* Neben den Sonnenblumen waren es die siebzig Prozent, oder besser: die dreissig Prozent weniger, die ihn ansprachen. Er begann sich auszumalen, was er in dieser Zeit alles tun könnte, machte Fehler um Fehler in der Kreditorenbuchhaltung, an der er sass, und beschloss, sich noch am selben Abend für die Stelle zu bewerben. Danach ging alles schnell: Die Bildagentur suchte per sofort, sein alter Chef liess ihn widerwillig gehen, und Jirka fand sich eine Woche später in einem hiperen Büro in einem trendigeren Quartier von jüngeren Leuten umgeben. Bei der Agentur lief es ähnlich wie bei seinem früheren Arbeitgeber, wo Kaufmann Sedlák Blumen ausliefern half, wenn es zu viel zu tun gab: Stauten sich zu viele Bilder in der Pipeline, wie der Eingangsordner hiess, wo die Fotografen ihre neuen Sujets abspeicherten, half Sachbearbeiter Sedlák aus, sie zu sichten, verwerfen oder benoten und mit Schlagworten zu versehen. Schon nach kurzer Zeit meinte sein neuer Chef, er habe ein gutes Auge, ob er nicht in die Bildredaktion wechseln wolle. Ein kompetenter Sachbearbeiter sei einfacher zu finden als ein stilsicherer Blick. Seine letzte Amtshandlung in der Administration war es, das Inserat für die erneut frei werdende Sachbearbeiterstelle aufzusetzen. Er wählte ein Wüstenmotiv mit einer winzigen Oase im Hintergrund, der dunkle Fleck nur als solcher zu erkennen, weil einige Palmen ihre langen Schatten gestochen scharf auf den Wüstensand warfen.

Keine Fata Morgana – Bewerben Sie sich in Ihrer neuen Job-Oase, lautete der Titel der Ausschreibung.

Ich hatte schmunzeln müssen da auf der Bank. Jirkas Stirn zog sich zusammen, zwischen den Augen bildeten sich zwei Grübchen.

Was ist?, fragte er.

Guter Titel.

Du machst dich lustig.

Haben sich viele beworben?

Hunderte. Die Anzeige war der Renner.

Ich zog mein Handy aus der Hosentasche und suchte das Bild der Grossen.

Beschreib sie mir, sagte ich.

Punkt acht und somit eine Stunde früher als auf dem Einsatzplan vorgesehen, kommt mein Chef ins Büro.

Viel los?, fragt er anstelle einer Begrüssung und obwohl er sieht, dass ich untätig an meinem Schreibtisch sitze.

Nichts, sage ich. Asien wird leicht höher schliessen, wie es aussieht, und beflügelt vom Dow. Ich glaube, wir werden korrigieren.

Ich sage wir, als gehöre ich dazu, zur Welt der institutionellen Spieler, sei nicht lediglich Beobachter, sondern Akteur, und so wie ein Fussballfan wir sagt, wenn sein Klub gewinnt.

Vergiss nicht, heute ist Hexensabbat, sagt mein Chef.

Aber nur ein kleiner, erwidere ich.

Double Witching …

Automatisch stimmen wir an:

'Tis now the very witching time of night …

Obwohl ich die Zeilen aus Shakespeares *Hamlet* auswendig kann, schiele ich auf den Zettel an der Wand, wo das Zitat hängt, damit ich meinem Chef nicht in die Augen schauen muss.

Ich spreche weiter, als er längst aufgehört hat:

...When churchyards yawn, and hell itself breathes out
Contagion to this world: now could I drink hot blood,
And do such bitter business as the day
Would quake to look on.

Mein Chef dreht sich um. Im Gehen sagt er:

Trotzdem – stellen wir uns auf einen volatilen Handelsverlauf ein.

Yes, Sir, sage ich zum Spass.

Hast du den Schnee gesehen?, fragt er.

Toll, nicht wahr?

Überall Stau!

Schon mal was von ÖV gehört? Steht für öffentliche Verkehrsmittel.

Würde mich wundern, wenn die noch fahren am Feierabend – es soll weiterschneien, sagt mein Chef, während er wie jeden Morgen die Strassenschuhe auszieht, sie auf die alte Zeitung neben seinem Arbeitsplatz stellt und in seine braunen Birkenstöcke schlüpft, die er in der untersten und sonst leeren Schublade seines Schreibtischs aufbewahrt und die er *meine Bürostöcke* nennt.

Jirka würde lachen ob des Wortspiels.

Bewerben Sie sich in Ihrer neuen Job-Oase.

Ich denke an Doktor Feller und seine weissen Birkenstöcke.

Ich denke an Jirka.

Jirka, denke ich mit drei Punkten dahinter –

ist nun bestimmt wach und wird mir gleich eine SMS schreiben oder mich anrufen. Wie geht's?, wird er fragen.

Er ist besorgter um mich als um sich selber.

Er denkt, ich habe Angst wegen des Resultats, aber ich habe keine; ich bin ruhig. Will nur nicht wissen müssen, was ich schon weiss. Will weitermachen wie immer und bis es nicht länger geht. Will nicht werden wie Jirka, der in der Woche nach seinem Geständnis aufgeblüht ist und begonnen hat, seine Krankheit vor sich herzutragen wie ein Mal oder wie eine Frau ihre langersehnte Schwangerschaft. Der von nichts anderem mehr und nur noch in Fachbegriffen reden kann.

Vorgestern waren wir in der Beiz verabredet, die zu unserem Stammlokal geworden war, trotz der Tatsache, dass wir dort unseren ersten Streit ausgetragen hatten.

Du kamst fünfundvierzig Minuten zu spät. Wie du im Türrahmen standest und den Raum absuchtest nach mir: Ich sah dich neu, sah dich jung und sprühend, als leuchtetest du von innen. Nur unter den Augen zwei Schatten.

Du warst mir fremder denn je. Und trotzdem meinte ich, die Liebe, die ich in jenem Moment für dich –

die ich für ihn verspürte, würde mir die Luftröhre zuschnüren.

Ich streiche das Du in meinem Kopf.

Sorry, sagte Jirka. Ich habe mit Wolfram telefoniert und die Zeit vergessen.

Wer ist Wolfram?

Es tat gut, mit jemandem zu reden, der ebenfalls positiv ist.

Du hast meine Frage nicht beantwortet.

Habe ich im Chat kennengelernt, sagte Jirka und streifte seine Mütze ab.

Sein Schädel war frisch rasiert.

Im HIV-Forum.

Ein tätowiertes Plus erschien auf seiner Stirn – ein Plus für positiv – sein eigenes Kreuz, und verschwand erst, als ich mehrmals blinzelte.

Hat er dir den Kopf rasiert?, fragte ich, während er nach der Speisekarte griff.

Telefoniert, habe ich gesagt. Was ist los mit dir?

Offensichtlich bin ich eifersüchtig auf einen gewissen Wolfram, von dem ich noch nie etwas gehört habe.

Hast du bereits bestellt?, fragte er und schaute auf das leere Bierglas vor mir. Essen, meine ich.

Ich sah mich aufstehen und ins nächste Reisebüro stolpern: einen Flug nach Brighton oder Brasilien buchen – egal. Nur weg von allem und hauptsächlich von diesem Mann, der nie wirklich da gewesen war, dessen Betrug alles nichtig gemacht, von dem ich gedacht hatte, es sei wahr. Und der sich endgültig von mir zu entfernen begann, als er zu mir kam, um zu gestehen.

Ich atmete ein, schloss kurz die Augen und atmete wieder aus.

Tut mir leid, sagte ich.

Schon gut. Ich glaube, ich nehme die Tagliatelle.

Ai funghi? Die haben wir letztes Mal gegessen.

Du kannst auch etwas anderes bestellen.

Als wir nach Hause kamen, roch meine Wohnung noch immer nach dem Fett der Wurst, die ich am Tag zuvor gebraten hatte, weil ich zu faul gewesen war, richtig zu kochen. Der Rotwein, den wir zum Essen getrunken hatten im Restaurant, stiess mir auf. Ich hätte gerne gekotzt, alles rausgekotzt und Jirka vor die Füsse, wie er im Flur stand und wartete, bis ich die Schuhe ausgezogen hatte. Ich schluckte ein paarmal leer.

Geht's?, fragte Jirka.

Würdest du bitte aufhören, das zu sagen.

Danach schwiegen wir beide, und da ich keinen Fernseher habe, blieb uns nichts anderes übrig, als ins Bett zu gehen.

Sylvie schwebt ein paar Minuten vor zehn ins Büro. Sie zieht eine weisse Papiertüte aus ihrer riesigen braunen Lederhandtasche und legt sie mir auf den Tisch. Die Tüte ist fleckig, hat das Fett stellenweise aufgesogen von den Buttercroissants, die sich darin befinden. Es sind fünf Croissants, obwohl wir nur zu dritt sind im Büro – die beiden anderen kommen erst um zwölf und arbeiten bis acht – und Sylvie kein Weissgebäck isst.

Yumm!, sage ich, und: Thanks.

Keine Ursache.

How was dinner?

Gut, gut, sagt Sylvie, nur ein paar Freunde meines Mannes – von der Schule. Wann ist dein Termin?

At three, sage ich und beisse in ein Croissant.

Liebst du nicht den Schnee?, sagt sie, und ich höre die Originalphrase: Don't you just love the snow?

Die blättrige Croissantkruste verklumpt sich mit Speichel und bleibt an meinem Gaumen kleben.

I do, I do, sage ich.

Den ganzen restlichen Morgen reden wir nur das Nötigste. Sylvie kümmert sich um den weiteren Verlauf der Schweizer Börse, während ich mich mit der Übernahme einer kleineren Baufirma durch eine mittelgrosse beschäftige. Unser Chef versucht, den Arbeitsplan für den nächsten Monat zu erstellen. Er flucht über die Dreckstabelle und das Scheissbetriebssystem, das ständig abstürze auf seinem blöden Computer. Sylvie zieht bei jedem Ausspruch die Augenbrauen hoch. Nach einer Weile sagt sie:

Please – ich bin am Schreiben.

Immer wieder schaue ich von der Arbeit auf und aus der Fensterfront, ob das Schneetreiben aufgehört hat. Aber die Flocken fallen weiter vom Himmel, taumeln zu Boden, schichten sich auf, Millimeter um Millimeter um Zentimeter, und zwingen die Stadt zur Langsamkeit.

Ich klicke mich alle paar Minuten durch die Webseiten der lokalen Medien und lese die jüngsten Entwicklungen nach.

Ohne meinen Chef zu fragen, schicke ich einen Wetterflash über den Ticker. Ich versehe ihn mit den Codes *NWF* für *Newsflash, EXT* für Extra und *ZHR*, damit ihn nur unsere regionalen Kunden erhalten.

Zürich fest im Griff des Wintereinbruchs:

Über Nacht massive Schneefälle im ganzen Kanton. Es wird von ersten Verkehrsbehinderungen in der Stadt berichtet, insbesondere am Bellevue sowie um den Escher-Wyss-Platz.

Eigentlich tun wir das nur bei grossen Naturereignissen, aber es dauert nicht lange, bis im Internet zum ersten Mal das Wort *Jahrhundertschnee* auftaucht und ich mich bestätigt weiss.

Mein Chef behält den Ticker offensichtlich nicht im Auge, wie er das sonst immer tut. Gewöhnlicherweise entgeht ihm nichts – kein Schreibfehler, kein falscher Code. Aber heute Morgen bemerkt er nicht einmal meine Wetterflashes, die ich im Abstand von zwanzig Minuten über den Ticker gehen lasse, so sehr beschäftigt ihn sein Kampf mit der modernen Technologie.

Um elf hole ich mir einen Chicken-Kebab und verdrücke ihn unter dem Vordach und im Windschatten des Haupteingangs stehend. Ich muss die Augen zukneifen, um in den Himmel hinaufschauen zu können, so sehr blendet mich das Weiss.

Den Geschmack von Hühnerfleisch, Cocktailsauce und Peperoni spüle ich mit einem Kaffee weg. Danach setze ich mich an einen Hintergrundbericht über die einsetzende Konsolidierung bei den kleinen und mittelgrossen Baufirmen, aufgehängt an der soeben bekannt gewordenen Akquisition. Hintergrund heisst bei uns viereinhalb- bis fünftausend Zeichen.

Und immer wieder die Wettermeldungen.

Ich schreibe und lösche, schreibe und lösche und versuche, nicht auf die Uhr zu schauen an der Wand, wenn ich den Blick hebe, um das Schneegestöber zu betrachten.

Gegen halb drei, meine Schicht ist schon seit einer halben Stunde zu Ende, sagt Sylvie:

Musst du nicht los?

Was machst du überhaupt?, schiebt mein Chef nach. Und was sollen diese blöden Wetterflashes?

Hintergrund, sage ich. Baugewerbe Schweiz.

Aber das sind alles nur SPI-Firmen.

Ist doch eine gute Idee, verteidigt mich Sylvie. Kundenmehrwert.

Jahrhundertschnee?

Steht überall im Internet, kannst du gerne nachlesen.

Werd nicht frech, sagt mein Chef, was so viel bedeutet wie: Macht doch alle, was ihr wollt.

Mein Handy vibriert dreimal kurz und zuckt über die Schreibtischplatte wie ein riesiges Insekt, das in eine Scheibe geflogen und zu Boden gestürzt ist.

Ich bin sicher, es ist Jirka: *wie geht's?*

Aber es ist Martin: *neue bar über dem klub! gestern entdeckt. heute abend schon was vor?*

Gleich darauf klingelt das Gerät.

Ein letzter Kraftakt des totgemeinten Insekts.

Sag mal, weshalb meldest du dich eigentlich nicht mehr, meint Martin, hat es dir ins Hirn geschneit?

Ich stehe auf und gehe in den Pausenraum.

Martin schnattert aufgeregt ins Telefon; endlich tue sich etwas in dieser Stadt.

Der Schnee?

Nein, die neue Bar, Doofmann, sagt er.

Ach so, die Bar.

Sei auf Strassenhöhe direkt über dem Klub mit dem starren

Blick. Um Mitternacht würden sie die Türe schliessen und dicke schwarze Vorhänge über die breite Fensterfront ziehen.

Ich denke *Blackout* und *Blitzkrieg* und an Mutter, deren ältester Bruder in einer solchen, komplett geschwärzten Nacht in Brighton zur Welt gekommen war und die uns die Geschichte jeweils mit einer Stimme erzählt hatte, in der ich glaubte, Neid heraushören zu können.

Wahrscheinlich war das Lokal früher ein Laden.

Martin weiss es nicht, und ich auch nicht.

Sobald die Bar so verriegelt, ja versiegelt sei: Kein Lichtstrahl einer Strassenlampe dringe mehr herein und kein Melodiefetzen vom Klub im Keller nach draussen.

Wenn sie oben zugemacht haben, können die Barbesucher umsonst in den Klub hinunter, sagt Martin.

Wir verabreden uns für zehn Uhr.

Als ich aus dem Pausenraum zurückkomme, schicke ich den angefangenen Fokus meinem Chef.

Vielleicht will den jemand fertig machen, sage ich und meine die beiden Kollegen, die mittlerweile ebenfalls erschienen sind und wenig zu tun haben; sogar aufs Börsengeschehen scheint sich das Wetter auszuwirken.

Thanks again, Sylv, sage ich, bevor ich gehe.

Sie sagt nichts, zwinkert mir lediglich zu. Ich spüre ihren Blick in meinem Rücken, als ich die Redaktion verlasse.

Auf der Treppe schalte ich mein Handy aus; ich bin gleichzeitig erstaunt und enttäuscht, dass Jirka nicht angerufen hat. Ich hätte seinen Anruf wegdrücken, ein unmissverständliches Zeichen geben wollen, ohne mit ihm reden zu müssen.

Es ist zehn vor drei. Wenn der Schnee nicht wäre, und wenn ich mich beeilen, schnell treten und mich durch den Verkehr schlängeln würde, alle Rotlichter ignorierend, so wie es die Fahrradkuriere tun, könnte ich es rechtzeitig in die Praxis schaffen.

Aber der Schnee: mein leiser Komplize.

Ich lasse das zugeschneite Rad angekettet vor der Redaktion stehen und marschiere los Richtung Hauptbahnhof und Central, das Limmatquai entlang Richtung See – und somit Richtung Seefeld, dem Quartier, wo die Arztpraxis liegt –, als wolle ich meine Willenskraft ein letztes Mal testen.

Ich bin durchnässt und friere. Immer wieder bleibe ich stehen, hauche in meine Hände und reibe sie aneinander, bevor ich sie in meinen Jackentaschen vergrabe. Der Mühlesteg mit seinen Erkern sieht aus wie eine Märchenbrücke: aus Eis gemeisselt und darüber der Schnee. Ich schaue den Flocken zu, wie sie in die Limmat segeln, sich mit Wasser aufsaugen und zergehen. Ich stapfe weiter, um nicht auszurutschen in meinen Turnschuhen mit den dünnen Gummisohlen. Anstatt geradeaus zu gehen beim Bellevue und die Seefeldstrasse entlang, biege ich links ab und mühe mich den Hügel hoch; der Gehweg ist glitschig. Wenig später stehe ich vor dem Kunsthaus und weiss nicht, weshalb.

Seit ich irgendwo gelesen habe, dass Rodins *Denker*, eingearbeitet ins riesige *Höllentor* neben der Eingangspforte, keine

Einzelanfertigung ist, enttäuscht er mich. Auch ist er kleiner, als ich ihn mir früher vorgestellt hatte.

Meine Brille beschlägt, sobald ich in der Wärme stehe. Ich mache meine Jacke auf und reibe die Gläser an meinem Pullover. Danach setze ich mich in der Eingangshalle ins Café und beobachte die beiden Kunststudentinnen, die Cappuccino trinken anstatt Latte macchiato. Neben einer Frau um die sechzig, die mit dem Cocktailstäbchen so lange in ihrem Campari Soda rührt, bis alles Eis geschmolzen ist, und erst dann zu trinken anfängt, sind wir die einzigen Gäste im Café, das in der Eingangshalle untergebracht ist und eher einer Firmenkantine gleicht. Trotzdem ist die Umgebung, sind das Kommen und Gehen der Kunsthausbesucherinnen und -besucher, das Kartengekaufe und Toilettengefrage laut genug, damit der Ton nicht zurückkommt und sich in Noten verwandelt in meinem Kopf und diese Noten in jene Musik, von der ich Angst habe, dass sie mich fortan jeden Morgen besuchen und alle anderen Musiken, die ich je gehört habe, auf immer und ewig verdrängen wird.

In meinen nassen Kleidern fühle ich mich wie ein Stück vakuumverpacktes Gefrierfleisch, das langsam auftaut. Meine Nase beginnt zu laufen. Ich schneuze geräuschvoll in eine Serviette. Sowohl die beiden Studentinnen als auch die Dame mit dem Campari Soda schauen kurz auf.

Bei den Toilettentüren, neben dem Zigarettenautomaten, gibt es eine unscheinbare, schmale Treppe, die in den Klub hinabführt, habe ich mir erzählen lassen.

Zürich mag so etwas: eine Bar, die ein Schlupfloch ist, wo um Mitternacht die Zeit angehalten wird, und wir sind alle Alice, die durch einen Kaninchenbau ins Wunderland stolpert, sind Alice und taumeln die Treppe hinab in diesen Klub, den wir nur anfänglich mochten, als er neu und nicht nur physisch *underground* war, und dann nicht mehr, weil er an den Wochenenden überflutet wird von Kindern, die nicht hier wohnen, die keine Ahnung haben von den Freiheiten von früher, alle hart erkämpft, von den Orten und der Musik, den Ritualen und Regeln, auf denen wir weiterhin beharren – wir sind alle Alice und staunen und taumeln dank der neuen Bar mit dem Geheimgang in einen Nachtklub, den wir schon aufgegeben hatten. Die anderen, die Unwissenden, die nicht von hier kommen, benutzen weiterhin den alten Klubeingang im Innenhof um die Ecke der Bar. Erst nach Hause, erst hinaus um fünf oder sieben oder neun, um zehn Uhr in der Früh, fertig von der Nacht, jegliche Grenzen verwischt, gehen alle durch dieselbe Tür in den Tag, durch den alten Eingang, der der neue alte Ausgang ist, und Alice wischt sich die Theaterschminke vom Gesicht, legt ihr Kostüm ab, während die Bar übertägig noch geschlossen ist, sich erst gerade bereitmacht, Café zu sein für jene, die zu Hause geblieben sind. Unter ihnen spricht sich höchstens herum: Der Espresso soll der beste sein der Stadt – Direktimport aus Sizilien, sehr exklusiv, der Onkel eines der Besitzer …

Habe ich mir von Martin erzählen lassen heute Nachmittag im Pausenraum. Meine Ohrmuschel glühte, als ich auflegte und zum ersten Mal seit langem die alte Vorfreude verspürte – das Kribbeln vor einem Klubbesuch. Ein Kribbeln, das sich zuletzt im Vorfeld der Sauvage in mir ausgebreitet hatte.

Martin, mit dem ich oft in der Bar mit dem gläsernen Auge sitze, ein paar Strassen weiter, Martin kennt sich aus. Er ist zehn Jahre älter als ich und hat früher ganz vorne mitgemischt in der Bewegung, als ich noch nicht wieder im Lande war, damals, als ich mich umschauen war in der Heimat meiner Mutter, um zu sehen, ob sie auch meine werden könne. Ich habe nur den Rattenschwanz mitbekommen, das letzte Aufbäumen, die letzten Herzschläge der einst so gerühmten Zürcher Klubkultur in den Löchern dieser Stadt, in die nun schicke Firmen und Kunsthochschulen, Eventgastronomen und Raritätenweinhändler ziehen, um zu versuchen, das wiederherzustellen, was wir vermeintlich Nacht für Nacht erlebt hatten: eine höhere Erkenntnis.

Sie haben eine Bar eröffnet über dem Klub; sie haben zu viel Geld, sagen die einen.

Sie haben eine Bar eröffnet über dem Klub; möglicherweise wird das doch noch was, die anderen.

Martin gehört zu den anderen und überlegt sich, ob wir nun unser Stammlokal wechseln sollen. In der Bar mit dem gläsernen Auge seien ohnehin alle zu fertig, zu besoffen immer, zu laut, versuchten immer alle ihre Einsamkeit Schrägstrich Traurigkeit Schrägstrich Versehrtheit zu ertränken, sagte Martin ins Telefon, und die Musik zu überbieten mit ihrem Gegröle und Gejohle, zu lächerlich sei ihr sturzbetrunkenes Nachhausegehen ein paar Stunden früher als sonst, wenn sie es doch einmal schafften, wen abzuschleppen, ihr Einschlafen mitten im Sex und am nächsten Morgen sei der vermeintliche Göttergatte weg, ohne eine Nummer zu hinterlassen.

Ich muss arbeiten, sagte ich. Bis um zehn.

Ich drückte ihn weg.

Martin wusste nichts über Jirka und mein Gehen in unserer ersten Nacht; sein letzter Satz traf mich wie ein Faustschlag.

Ich laufe alle Wege ab im Kunsthaus – die ständige Sammlung, wo der Teppichboden meine Schritte schluckt; die Räume im Giacometti-Anbau, wo meine Turnschuhe quietschen auf dem Steinboden; die kleine zeitgenössische Sonderausstellung hinter dem Museumsshop, wo ich auf mein Handy zeige und frage, ob ich fotografieren dürfe, nur um meine Stimme zu hören, mich zu vergewissern, dass ich noch eine Stimme habe, so still ist es geworden in mir, als sei der Schnee durch mich hindurchgefallen und hätte alles zugedeckt, jedes Geräusch geschluckt. Ich darf nicht fotografieren, und keines der Bilder, keine der Skulpturen vermag mich zu fesseln. Ich setze mich erneut ins Café und bleibe, bis das Kunsthaus um zwanzig Uhr schliesst.

Drüben, im Pfauen, läuft *Die Perser* von Aischylos.

Es tue ihr leid, sagt die Frau an der Kasse:

Kein Einlass nach Beginn.

Ich nehme mir ein Spielplanheft und gehe ins verwaiste Foyer mit seinen Stehtischchen. Nachdem ich das Programm langsam durchgeblättert habe, lege ich es weg und wage mich erneut nach draussen in die Kälte.

Diesmal nehme ich den Weg durch die Altstadt, am Neumarkt vorbei, bis ich wieder am Limmatquai bin, wieder am Mühlesteg vorbeikomme – ich bleibe nicht stehen –, wieder das Central, der Bahnhof und dahinter, im Kreis vier, die neue Bar über dem alten Klub mit dem starren Blick. Ich renne halb und schlittere halb. Ein Jauchzer entfährt mir.

Keiner meiner Freunde hat Jirka je gesehen, und ich kenne niemanden aus seinem Umfeld. Wir behielten einander die ganze kurze Zeit über für uns.

Nur die Grosse weiss Bescheid. Und die Grosse ist tot.

Ich bin viel zu früh, aber als ich in die Bar komme, ist Martin bereits dort, zusammen mit Martin, seinem Freund. Die Martinis heissen die beiden in der Szene.

Ich küsse sie auf den Mund und höre mich Jirkas Satz sagen:

Wie geht's.

Ohne meine Stimme am Ende zu einer Frage anzuheben.

Meine Freunde haben mich in der Woche vor dem Spiegelfreitag zuletzt gesehen, und ich tauche erst nun wieder auf.

Meine Freunde haben einen guten Riecher. Sie sagen:

Sag, wie heisst er? Das war es doch? Du hast dich wegen eines Typen nicht gemeldet, oder?

Sie beugen sich vor. Aufgrund akuter Umsturzgefahr muss ich eines ihrer Biergläser näher in die Mitte des niedrigen Tisches rücken.

Sie wollen alles wissen.

Als ich sage, es sei bereits wieder vorbei, er habe mich verlassen, sinken ihre Oberkörper zurück in die grauen Ledersofapolster.

Ausser vorne an der Theke ist die Bar eine Lounge.

Meine Freunde fragen nicht, wie es mir geht. Sie sagen: Selber schuld.

So sind sie, meine Freunde.

Ich sage nichts mehr.

Ein Bekannter, der ab und zu in der Bar mit dem gläsernen Auge aushilft, in die wir vielleicht nicht mehr gehen, und auf den alle stehen aus dem einzigen Grund, dass er nicht schwul ist, rettet uns, pflügt die gedrückte Stimmung um in allgemeines Gelächter mit seinen Anekdoten, dem Klatsch, der sich ansammelt und haften bleibt an Leuten, die hinter Theken arbeiten.

Kurz darauf zieht er wieder ab und meine Freunde wissen nicht weiter, können die Heiterkeit nicht halten.

Wir trinken schnell und viel, um das Schweigen hinunterzuspülen.

Noch vor Mitternacht brechen die Martinis auf.

Wir sind fertig von gestern, sagen sie.

Ihr seid alt geworden, das ist alles.

Und ich wolle noch Geld holen am Automaten, bevor ich nach Hause aufbreche.

Geh nur, es macht Spass.

Sie meinen den Klub. Die Mischung sei besser, jetzt mit dem Schlupfloch.

Viele Gesichter von früher.

Nein, nein – ich muss auch ins Bett, sage ich. Nur schnell Geld ziehen vorher.

Ich weiss nicht, weshalb ich lüge, und beeile mich.

Als ich zurückkomme, wollen sie gerade die Türe schliessen.

Ich habe noch ein Bier stehen an der Bar, sage ich. Ich musste zur Bank.

Hinter mir ziehen sie die Vorhänge.

Ich würde gerne sagen, mir sei in dem Moment schwarz geworden vor Augen und ich sei umgekippt.

Der Klub im Keller ist derselbe wie immer: der Vorraum, die kleine Vorhölle zum Chillen auf den weissen Sitzgelegenheiten aus Lastwagenplanen in einer Ecke, immer zu hell, um es sich darin wirklich gemütlich zu machen, die Menschen, die man auf der Tanzfläche kurz zuvor alle umwerfend schön fand, ausgeleuchtet bis auf ihre wahren Gesichter, verschwitzte, rotfleckige Gesichter, nein Fratzen, und hektische Hände, tote Augen, die sich spiegeln in den tausend Plättchen der hundert halbierten Discokugeln, in allen Grössen an der Decke angemacht, als wären es die kaputten Seelen aller in dieser Stadt untergegangenen Klubs; daneben das Guckloch der Garderobieren und die Türen zu den Klos; der Zigarettenautomat; die zwei, drei Treppenstufen auf die Tanzfläche – das schwarze Loch.

Der Keller ist noch leer. Ich steige wieder hoch in die Bar, wo der Bekannte von vorher an der Theke steht. Er lächelt mich an.

Was trinkst du?, fragt er.

Hilf mir schnell.

Womit?

Deinem Namen.

Tim, sagt er, und: Ich frage nur einmal.

Bier. Ich nehme ein Bier.

Tim dreht sich zur Theke.

Celia, bella, noch ein Bier, ruft er der Barfrau zu, die mit vollem Körpereinsatz dabei ist, die Limetten zu zerquetschen für seinen Mojito.

Sie steht vornübergebeugt, das ganze Gewicht auf den hölzernen Mörser konzentriert.

Tim kann in ihr Dekolleté schauen: Sie trägt ein übergrosses Holzfällerhemd, über dem Nabel geknotet, die Ärmel bis zu den Ellbogen hochgerollt, und darunter ein weisses Unterhemd, ein Männerunterhemd, keinen BH.

Celia richtet sich auf.

Ein Bier ...?

Ein Bier, *bitte*, bellissima, sagt Tim und wendet sich wieder mir zu:

Päde, my man, dir geht es nicht gut, stimmt's? Vorher, am Tisch, du hast gar nichts gesagt.

Niemand nennt mich mehr Päde; ich mag es nicht, wenn man mich Päde nennt.

Ich lege eine Hand auf Tims Schulter. Er streift sie mit einem kurzen Blick, schaut mir wieder in die Augen. Das Blinzelspiel scheint mich zu verfolgen. Tim gewinnt.

Dann kann ich nur von Glück reden, dass mir jemand Gesellschaft leistet, sage ich und lasse meine Hand über sein

Schulterblatt, seinen Rücken gleiten, verweile einen Moment zu lange auf dem kleinen Polster über der Hüfte, das sich ab einem bestimmten Alter nicht mehr wegjoggen lässt, und ziehe sie wieder weg.

Celia knallt unsere Getränke vor uns auf die Bar, sagt:

Jungs! Das macht zweiundzwanzig fünfzig.

Ich stutze über den Preis. Tim lässt sich nichts anmerken, oder aber er findet zweiundzwanzig fünfzig für eine Stange Bier und einen Mojito angemessen.

Eine Weile stehen wir schweigend nebeneinander und beobachten die Barbesucher. Tims Glas ist schon leer, als ich noch nicht mal mein halbes Bier getrunken habe. Er kippt sich das zerstossene Eis in den Mund und kaut auf den Splittern herum; im Glas bleiben nur die matschig gestampften Limettenhälften. Ich vermeine über die Musik hinweg seine malmenden Zähne zu hören, bis kein Eis mehr da ist. Er stellt sein Glas auf die Theke.

Meine Braut hat mich verlassen.

Macho, sage ich, vermutlich geschieht dir recht.

Ich möchte lachen über diesen Mann, der seine Härte vor sich herträgt wie ein Schild, um sein weiches Inneres zu schützen, mit dem er trotzdem gerne kokettiert, und gleichzeitig macht mich seine überhebliche Art aggressiv. Ich möchte ihm sagen, er verschwende meine Zeit und die sei teurer als eine Stange Bier. Ich möchte ihn stehen lassen an der Bar.

Nein, echt. Nimmst du noch eins? Ich habe diese Strümpfe an – wie sagt man?

Spendierhosen?

Bescheuertes Wort.

Tim winkt Celia herbei.

Nochmals dasselbe. Bitte.

Wir wissen nicht, was reden. Ich könnte sagen, dass es mir ähnlich geht wie ihm. Dass ich auch wieder allein sei. Aber ich bin hier, um zu vergessen, nicht, um mich zu erinnern.

Tim zieht eine Zigarette aus der Packung, fragt, ob ich eine will. Ich schüttle den Kopf.

Deine Braut …, sage ich.

Vergiss es. Wird schon. Lass uns tanzen gehen.

Wir warten auf unsere Getränke, wie man im Lift wartet, bis er ankommt und das erlösende *Pling!* erklingt: stumm, den Blick an die Decke oder auf den Boden gerichtet.

Höchstens zehn Menschen wippen sich im Keller und in der Nähe der Theke zum Minimalhouse in Stimmung, halten sich an ihren Getränken fest. Die Musik plärrt wie ein forciertes Lächeln aus den Boxen. Hinter geschlossenen Augen sehe ich, wie es sein wird: Der Raum wird anschwellen mit der Musik und mit jungen Männern und Frauen, erpicht auf den Wochenendspass, der ihnen zusteht nach einer harten Arbeitswoche, durstig nach einem Abenteuer und zugleich feist vor Überdruss – alles schon gehört, gesehen, gemacht; Tim wird sich an ein hübsches Mädchen heften; ich werde zu viel trinken und zwischen Pissoir und Sitzecke pendeln und jeden anquatschen, der so aussieht, als habe er *etwas dabei*.

Ich öffne die Augen wieder. Tim legt mir einen Arm um den Hals.

Schau mal die.

Ich schüttle ihn ab in einer Bewegung getarnt als Tanzschritt, sage:

Ich muss aufs Klo.

Ich schliesse mich in der Kabine ein, klappe den Deckel auf die Brille und setze mich hin. Ich stürze das Restbier hinunter und stelle es auf den Aschenbecher, der an der Trennwand angebracht ist und aussieht wie eine Seifenschale. Ich schalte mein Handy ein. *Four missed calls.* Jirka sagt:

Hey, ich wollte nur fragen, wie's dir geht.

Ich lösche die Nachricht.

Ja, hier Praxis Doktor Feller, Sie hätten vor einer Viertelstunde einen Termin gehabt bei uns, Herr Troesch, sagt Brigitte ohne Begrüssung. Rufen Sie mich an.

Brigittes laute, quäkende Stimme schmerzt in meinem Ohr. Offensichtlich hat sie nichts mitbekommen vom Schnee und von der Stille draussen. Vielleicht rollt sie sich abends in einem Medikamentenschrank zusammen und verlässt die Praxis nie. Vielleicht kennt sie die Nacht nicht.

Die dritte ist wieder von dir:

Stefan hat mich angerufen. Du bist den Test nicht abholen gegangen. Was soll das? Melde dich!

Ich lösche auch diese beiden Nachrichten.

Zum Schluss spricht Doktor Stefan Feller höchstpersönlich zu mir, nicht gerne per Telefon, sagt er, aber in diesem Fall –

bestimmt ist Ihnen etwas dazwischengekommen. Also, Sie müssen sich keine Sorgen machen: Sie sind negativ. Bitte melden Sie sich trotzdem bei mir diese Tage. Für Partner von Menschen mit HIV gibt es verschiedene Beratungsangebote, die ich Ihnen vorstellen möchte.

Die Stimme meines Telefonbeantworters sagt, seine Nachricht sei um sechzehn Uhr vierunddreissig hinterlassen worden und:

Sie haben keine weiteren Nachrichten. Um zu löschen, drücken Sie zwei, um zu speichern, drei. Möchten Sie zum Hauptmenü zurückkehren, drücken Sie jederzeit –

Ich möchte das Handy samt Doktor Feller und der arbeitslosen Schauspielerin, die mir ins Ohr säuselt, gegen die Wand knallen. Obwohl ich mir nicht sicher bin, weshalb, drücke ich auf die Taste mit der Drei für Speichern. Unter der Zahl leuchten die Buchstaben D, E und F.

Als ich meinen allerersten HIV-Test gemacht hatte vor ungefähr zehn Jahren, verwirrte mich der negative Status im ersten Augenblick. Ich brauchte eine Weile, um zu realisieren, dass negativ ein für mich positiver Befund bedeutete.

Ihn diesem Fall …, echot Doktor Feller mir durch den Kopf.

D-E-F: Ich ziehe mich an der Tonleiter hoch, stecke das Handy wieder ein und gehe zurück in den Klub.

Tim ist am Rande der Tanzfläche mit einem hübschen jungen Ding ins Gespräch gekommen; er bemerkt mich nicht. Ich gehe zur Theke und bestelle ein Bier und einen Mojito.

Gibt's nur oben, sagt der Barmann.

In seinen Ohren stecken runde Holzplättchen, gross wie Münzen.

Dann zwei Bier.

Während ich warte, schaue ich die Tanzenden an; der Raum hat sich gefüllt.

Ich gehe mit den Gläsern zu Tim und strecke ihm eins hin.

Mojito gibt's nur oben.

Da bist du ja, sagt er. Das ist Senta.

Seine Eroberung lächelt mich an, sagt nichts. Ich nicke ihr zu.

Willst du auch was?, frage ich.

Hab schon.

Ihre Stimme kommt kaum über die Musik hinweg, die lauter geworden ist, scheint mir, vor allem der Bass, ja der Bass, jetzt spüre ich ihn, wie er mich längst im Griff, alles in mir zum Schwingen gebracht hat und ich ins Wippen einsteige, das auch Tim und Senta erfasst hat, und dann ins Tanzen, immer näher Richtung Raummitte und mit jedem Schluck Bier weiter weg von irgendeinem Zentrum, einem Kern, von dem ich hätte sagen können, er mache mich aus.

9

Als ich aufwache, sitzt eine Gestalt auf der Bettkante und schaut mich an.

Es ist nicht die Grosse. Ich weiss, es kann nicht die Grosse sein. Obwohl sie da war. Gestern war sie –

Mein rechtes Auge ist zugeschwollen, das Lid pocht.

Jirka?

Meine Zunge liegt schwer und träge in meinem Mund, dem trockenen. Meine Zunge ist ein Tier, ein kleines pelziges Tier, das nicht gehorcht: Der Name bricht auseinander. Ich schliesse den Mund und versuche zu schlucken.

Deine Türe war sperrangelweit offen, spricht eine mir fremde Stimme.

Nachbar Alberts Gesicht schiebt sich über Jirkas. Ich sage:

Albert?

Er sagt:

Nachbar Albert, gefälligst. Ich wollte zum Samstagseinkauf und als ich an deiner Wohnung vorbeikam, dachte ich: Irgendetwas stimmt nicht.

Er streicht mir über die Stirn.

Au!, sage ich.

Mit den Fingerspitzen taste ich meinen Haaransatz ab, bis ich den Schmerz lokalisiert habe: eine Naht, die geplatzt ist – eine verkrustete Wunde.

Was hast du bloss gemacht?, fragt Nachbar Albert und zieht meine Hand weg, nimmt sie in seine.

Unter der Decke bin ich nackt, und ich friere. Ich frage mich, wo meine Kleider sind.

Ich werde nicht heulen, denke ich und schlafe wieder ein.

Später und als ich erneut aufwache, ist es wirklich Jirkas –

ist es dein Gesicht, dicht vor meinem; ich kann deinen Atem spüren und meinen riechen, als ich den Mund aufmache. Bis tief in mein Innerstes, wo meine verknoteten Gedärme liegen wie ausgewrungen, kann ich meinen fauligen Atem riechen.

Du bist zu mir unter die Decke gekrochen, schaust mich an.

Wo ist Albert? War Nachbar Albert da?

Er musste weg, bevor die Geschäfte schliessen. Dein Handy lag neben dem Bett, da hat er es angeschaltet. Du hattest sieben Anrufe von mir.

Aber ich habe dich gelöscht, sage ich.

Die Nummer erscheint trotzdem. Ich bin sofort gekommen.

Du fragst nicht, was vorgefallen ist, weshalb ich das Testresultat nicht abgeholt habe.

Schlaf, sagst du.

Aber ich kann nicht wieder einschlafen. Auch nicht, als du etwas zu summen beginnst, ein Lied, das ich nicht kenne. Die Vorstellung, es könne ein tschechisches Wiegenlied sein –

Ich muss weinen, wobei das Weinen mehr ein Krächzen ist, das aus meinem Rachen hervorbricht. Mein Körper kann sich nicht regen. Bleiern liege ich neben dir.

Ein Gefühl kommt zurück, das Gefühl, mein Herz schlage mir bis in den Hals, drohe zu überschlagen. Und ich kann nicht atmen.

Meine Hand mit dem Schlüssel, die das Schlüsselloch nicht findet heute in der Früh. Oder war es gestern?

Meine klamme Hand.

Liegt Schnee?, frage ich.

Ja, sagst du, alles noch da.

Ich sehe mich, wie ich zittere von den Beinen bis in die Fingerspitzen, und der Schlüssel will das Schlüsselloch nicht finden. Ich schlage mit der flachen Hand, der freien, an meine Wohnungstüre, immer wieder, bis mein Herzschlag, bis das Beben keinen Platz mehr findet in meinem Körper, bis meine Hand brennt, ich schaue sie an, muss die Augen zusammenkneifen, ich habe Sand in den Augen, im ganzen Getriebe, mein Kopf ein Sandsack und die Handfläche rot. Ich übergebe der roten, brennenden Hand mit der anderen, zittrigen, den Schlüssel, und ich komme mir vor wie ein Einbrecher, der gebückt vor der Türe steht und langsam und konzentriert –

Wenig später fuhr mir meine Hand vor dem Spiegel im Badezimmer ans Auge, ich musste den Oberkörper über das Waschbecken neigen, um etwas zu sehen, die Nase beinahe ans Glas drücken, der Boden schwankte zuerst – ich hielt mich am Becken fest – und kippte dann in die Senkrechte, ich beugte mich über den Spiegel, der Spiegel ein Teich, spiegelblanke Wasseroberfläche, und trotzdem alles verschwommen, und ich sah mein Bildnis zurückgeworfen vom Wasser und dahinter, nein darunter, tief unten, auf dem Grund von allem sah ich: Andreas. Sein rechtes Auge war so rot wie meine Hand, und die Haut ums Auge auch, rote geschwollene Haut genau wie das Lid: ein fleischiger, pochender Wulst. Und das Pochen war –

plötzlich war das Pochen Andreas' zuckender Puls, den ich auf der Fingerspitze fühlen konnte, die sanft das Auge abtastete im Spiegel und Andreas über die Stirn fuhr, zum Haaransatz, wo eine kleine Wunde klaffte, eine Wunde, die nicht länger war, als ein Daumennagel breit ist, kläffender Däumling riss das Maul auf, als ich leicht drückte, nur leicht, und ein einziger Tropfen Blut quoll hervor aus der ausgetrockneten, bereits verkrusteten Platzwunde, und der Tropfen schwoll an, lief Andreas die Stirn entlang hinunter Richtung Braue, wo ich das Blut auffing und zum Mund führte, von dem ich nicht wusste, ob es meiner war oder der von Andreas, da im Spiegel, dieser Mund, der an meiner Fingerkuppe zuerst leckte und dann lutschte.

Erst jetzt fiel mir auf, dass ich keine Brille trug, und ich sank zu Boden, wo ich mich auszog, wo ich mit meiner Jeans kämpfte, die sich um meine Knie bauschte, mit meiner Jeans, die sich nicht über meinen rechten Knöchel ziehen liess, und mit dem Schuh, der im Weg war, und den Socken und dem engen, viel zu engen T-Shirt.

Ich kroch ins Schlafzimmer und unter die Decke.

Irgendwann Nachbar Alberts Gesicht und dann deins.

Wie viel Uhr ist es?, frage ich.

Gegen fünf.

Morgens?

Nachmittags.

Ich stelle mich unter die Dusche, lasse das Wasser heiss fliessen und dann kalt, wieder heiss, sehr lange heiss, das Wasser brennt in der Stirnwunde und ums Auge, während sich das Bad mit Dampf füllt.

Du sitzt auf dem Klo und wartest, bis ich fertig bin.

Als ich aus der Dusche steige, sehe ich einen Knäuel, der unter dem Waschbecken liegt. Noch bevor ich mich nach ihnen bücke, weiss ich, dass es meine Kleider sind, weil ich sie riechen kann – sie stinken bis in den verschleierten Badezimmerhimmel.

Ich hebe die miefigen Hüllen auf, an denen der ganze Klub klebt mit seinem Zigarettenrauch und dem Schweiss, und auch etwas Säuerliches kann ich riechen, Pisse vielleicht oder Bier; meine Kleider sind feucht.

Ein Schuh bleibt liegen, ein einziger, dreckig weisser Schuh mit drei schwarzen Streifen. Ich lasse den Knäuel wieder fallen.

Ich war im Klub – soviel weiss ich. Ich war im Klub mit dem starren Blick, aber nicht lange, und Tim war auch dort und noch jemand. Ich war im Klub und plötzlich nicht mehr. Da war die Türe, die ich kenne, schwere Lärmschutztüre, und aus der trat ich. Und gleichzeitig machte ich einen Schritt aus mir heraus und kam in der Kälte zu stehen neben Andreas. Vielleicht ballte ich meine Hände zu Fäusten, wie wir uns anstarrten, als forderten wir einander zum Duell heraus, bevor sich Andreas umdrehte und die lange Strasse entlanghastete und rechts abbog in Richtung nach Hause, obwohl ich wusste und er wusste: Andreas würde nicht bis dahin kommen.

Es ist das Letzte, was ich von mir sehe. Wie ich dastand und Andreas zuschaute und auch der Grossen zuschaute, die hinter ihm hereilte. Sie trug ihre Turnhose von damals und nur ein T-Shirt.

Patrick!, rief sie. Wait!

Aber ich bin nicht Patrick, ich bin Andreas, und ich kann nicht warten, sie hätte auf mich warten müssen nach jenem Sommer und immer, und Andreas war längst um die Ecke.

Wo ist der andere Schuh – Scheissschuh?, frage ich und kneife mein unverletztes Auge zusammen, um besser zu sehen. Wie kann man seine Brille verlieren und die Mütze und einen Schuh, einen einzigen verdammten Schuh?

Du sagst nichts, starrst mich an.

Wie ein Blitz zuckt die Erinnerung durch mich hindurch: Meine Brille hatte ich neben oder unter jenes Bett gelegt, das keine Kopfleiste hatte, nur Gestell war, schwarz lackiert, und darauf eine Matratze, schwarz bezogen, und die Decke, zur Seite geschoben, die zerknautschten Kissen: feuerrot.

Ich bücke mich erneut, hebe meine Jeans auf und durchwühle die Taschen. Auch der Geldbeutel fehlt. Zwei Socken fallen auf den Boden. Der eine ist durchlöchert und starr vor Dreck.

Im Klub hatte ich mein Geld noch. Ich habe Bier gekauft für mich und für Tim und danach nur für mich.

Lass sie liegen, sagst du, und meinst meine Hose.

Mir ist klar, dass ich dir alles und von Anfang an werde erzählen müssen.

Ich konnte mir deine Nacht am Freitag vor drei Wochen nie vorstellen in der ganzen kurzen Zeit, in der wir uns kennen, und weil ich sie mir nicht vorstellen konnte, stand Andreas Minuten später vor einer Türe nicht weit von seiner Wohnung entfernt, und ich wusste, es ist das Höllenhaus, und ich wusste, was darin vorgeht. Nur vorstellen konnte ich es mir nicht.

Andreas schüttelt die Hand ab, die ihn von hinten gepackt hat an der Schulter. Es ist die Hand der Grossen.

Nicht zum ersten Mal wünsche ich mir, sie hätte ihre Drohung aus der Jugend wahr gemacht und sich umgebracht, anstatt bei einem Unfall zu sterben, und somit die Wut auf sie berechtigt wäre und auch mein schlechtes Gewissen.

Andreas klingelt.

Ich bin – Andreas, stammelt er, als die Wohnungstüre aufgeht.

Es ist nicht Toni, der öffnet, sondern ein jüngerer Mann, ein Mann in meinem Alter, Körpermann mit fitnessgestähltem Body, aber kleiner als Andreas. Er trägt einen Cockring um den Penisansatz. Sonst trägt er nichts. Andreas starrt auf seinen semisteifen Schwanz, den prallgedrückten Sack.

Komm rein, sagt der Mann.

Sein Penis wippt im Takt der Worte kurz auf und wieder ab.

Erst jetzt schaut Andreas ihm in die Augen. Und gleich wieder weg, an dem Mann vorbei in den Flur.

Überall liegen Schuhe herum, mindestens zehn Schuhe; Paare kann Andreas keine ausmachen.

Es waren Augen wie deine, denke ich, tiefbraune Augen, die du aufreisst jetzt und auch den Mund, um etwas zu sagen.

Du machst ihn wieder zu und stehst auf.

Ich folge dir ins Wohnzimmer, wo du die Läden schliesst, und ins Schlafzimmer, das bereits abgedunkelt war. Ich lege mich wieder ins Bett.

Die Pflanzen, sage ich und versuche nicht zu stottern, versuche, Wort an Wort zu reihen.

Irgendwann stimmst du mit ein.

Die Pflanzen – wie in einem Gewächshaus.

Du sagst:

Ich weiss.

Ich sage:

Der Esstisch.

Du sagst:

Holz, massiv.

Ich sage:

Silbertablett.

Du sagst:

Röhrchen.

Ich sage:

Koks.

Und:

O-Saft, sage ich und sehe plötzlich einen Ausweg.

Du reibst dir mit beiden Händen über den Kopf, willst nicht glauben, was du schon weisst, vermutlich schon gewusst hast, als Nachbar Albert dich angerufen hat.

Davon hast du nicht getrunken?, sagst du.

Doch, sage ich.

Du sagst:

GHB.

Wieder drei Buchstaben. Ich weiss, was sie bedeuten. Ich sage:

Blackout.

Ich sage:

Nichts.

Ich sage:

Ende.

Sage:

Aus.

Nur ich weiss, dass es nicht so war. Nur ich weiss, dass der Orangensaft erst viel später kam. Dass Andreas seine Schuhe im Flur abstreifte und der Fremde ihn zum Esstisch zog, wo auf einem Silbertablett die Linien schon bereitlagen und anstatt eines gerollten Geldscheins ein kurzes, dünnes Röhrchen, aus Silber vielleicht oder Stahl. Dass er sich noch im Stehen eine Linie je ein Nasenloch hochzog und sich danach kurz im Wohnzimmer umschaute, fasziniert die Pflanzen betrachtete, als sähe er sie zum ersten Mal, und auch die Männer, die nackten oder halbbekleideten Männer auf dem Sofa, und den Mann, der breitbeinig auf dem Sessel sass, und jenen, der vor ihm kniete. Dass sein Gastgeber ihm eine Hand in den Nacken legte und ihn an den Pflanzen und Männern vorbeisteuerte und ins Schlafzimmer, wo weitere Männer auf dem Bett zugange waren und er sich auf die Bettkante setzte und sagte, Andreas solle sich ausziehen. Dass sein Gegenüber die Augen nicht von seinem Körper nahm, diesem Körper, den Andreas enthüllte, Kleidungsstück um Kleidungsstück. Und dass sich Andreas dabei leicht fühlte und stark zugleich.

Bis sich sein Gebieter nach vorne beugte, Andreas an den Sack griff und auf die Knie zog, während er in der gleichen Bewegung aufstand.

Barbieboy stopfte Andreas das Maul.

Suck it, sagte eine Pornostimme.

Bauchmuskeln spannten sich an vor Andreas' Gesicht.

Die männliche Barbie heisst Ken und hat eine Stimme genauso tief.

Hat man eine Schwester, die mit Barbies spielt, kann man Ken entführen und versuchen, mit dem Schweizer Armeetaschenmesser die aufgemalte Unterhose wegzuschneiden, um an die Beule zu kommen zwischen seinen Beinen, aber dann ist die Beule weg und da nur noch ein Loch wie bei den Mädchen.

Andreas war ein Loch.

Danach kann man Ken den Kopf abreissen.

Es ist nicht zu erzählen.

Nichts, Ende, aus.

Du setzt dich zu mir, und ich merke, wie ich zu schwitzen beginne unter der Decke und unter unserem Schweigen.

Denn nur ich weiss, dass Andreas aufs Bett gezogen wurde und nur noch Hände spüren konnte, unzählige Hände, sanfte und gröbere, unter denen er sich wand und räkelte, unter denen er schmolz.

Und wie ich der Grossen zurufe:

Was sagst du jetzt? Jetzt sagst du nichts mehr, was?

Während sich Andreas nach einer Weile aufrappelte auf alle viere, seinen Rücken durchkrümmte und den Arsch in die Höhe reckte.

Nur ich weiss, dass Andreas *Bitte!* keuchte, als der erste Schmerz verebbt war, ein Schmerz, der ihn nicht überraschte, weil er ihn gewollt hatte und immer wieder wollte, von allen wollte er den Schmerz, bis er keuchend zusammensackte unter der schwitzenden Masse, die er über sich hatte herfallen lassen, und eine Hitze sich ausbreitete in ihm und ausstrahlte bis in jede Faser seines Körpers.

Dass sich Andreas danach zwischen die Arschbacken fuhr und seinen Schliessmuskel abtastete, der sich, als wäre die Berührung ein Befehl, nochmals zusammenzog und wieder entspannte, und aus dem nun ein warmes Sekret rann, das Andreas verrieb, bis er nicht anders konnte als zu schaudern und zu denken: Jetzt – jetzt weiss ich, wie es ist. Jetzt sind wir uns gleich.

Wenig später stupste ihn Ken an und riss ihn aus der wohligen Erschöpfung. Er zog Andreas hoch, zeigte ihm das Bad und sagte:

Mach dich frisch.

Dass ihn nun Panik überfallen müsste, dachte Andreas, als er über den Badewannenrand stieg. Schon lange hätte ihn Panik überfallen müssen. Aber ihn überfiel nichts. Er fühlte sich ruhig, wie er den Duschkopf von der Halterung nahm und sich bückte, um das Wasser auf die optimale Temperatur einzustellen.

Nachdem er sich abgetrocknet hatte, setzte sich Andreas, nackt wie er war, aufs Sofa. Erst jetzt erschien Ken mit dem Glas Saft und streckte es ihm hin.

Hier, trink das.

Andreas fragte nicht, was es war. Ob es Orangensaft sei. Und nur Saft?

Andreas trank in grossen, gierigen Schlucken und stellte das Glas auf den Boden, weil in der flachen Messingschüssel, die den gesamten Couchtisch verdeckte, zu viel Krimskrams lag.

Ich schliesse kurz die Augen, schiebe die Bettdecke zur Seite und setze mich auf. Ich zwinge mich, dich anzuschauen, neben mir auf der Bettkante. Ich verbiete mir, deine Hand zu nehmen.

Es muss zu erzählen sein.

Vorher, sage ich, vor dem Blackout, da war noch was – da war noch viel mehr.

Ja?

Nach dem Koks ging ich mit Ken ins Schlafzimmer, höre ich mich sagen.

Die Worte finde ich weit weg von mir, ich finde sie in Filmen, die ich neu synchronisiere, schneide sie aus Zeitschriften und Büchern, mache copy/paste und pause ab.

Ich rede mich durchsichtig.

Als alles gesagt ist – dein Gesicht erblasst, jetzt nehme ich doch deine Hand –, bleibt nur der Moment, wie ich im Flur kauere und zu Ken aufschaue, und auch diesen Moment schildere ich dir:

Wie ich im Flur kauerte und mein Gesicht anhob und in das von Ken blickte, und ich wusste, gleich kommt der nächste Schlag, der nächste Schlag kommt und mir ins Gesicht. Ken will, dass ich etwas sage, aber ich weiss nicht, was, ich sage nichts, sehe, wie er sich nur leicht bücken muss, um mir ins Gesicht zu schlagen, wie ich da kauere, halb sitze. Gross war er nicht, der Plastik-Ken, der mich an den Haaren packte, wo die Mütze sass, als ich ankam, wo die Mütze jetzt nicht mehr war, wurde mir bewusst, und in dem Moment packte er mich und schlug dorthin, wo meine Brille hätte sein müssen, es ist der Schädelknochen, schoss mir durch den Kopf, und dass der Schädelknochen hart ist, und ich sagte noch immer nichts, schaute Ken an, der plötzlich eine Brille in der Hand hatte, irgendeine Brille, vielleicht meine, ich wusste es nicht, ich sah nicht viel ohne, sah nur, wie er die Brille an beiden Gläsern festhielt, je ein Glas in einer Faust – das hat man vom Klauen, zischte er –, und das Gestell auseinanderbrach, bei der Brücke auseinanderbrach, und ich streckte Ken weiter das Gesicht hin, er liess die kaputte Brille fallen, schlug erneut zu, ich sackte zusammen, rappelte mich hoch, damit er mein Gesicht sehen konnte, mich ansehen musste, wenn er hineinschlug, hielt hin, weil ich den Schmerz kaum spürte und seinen Schwanz sah vor meinem Gesicht und weil ich nie jemandem so sehr gehört, so voll und ganz gehört hatte, wie diesem kleinen Mann mit dem muskulösen Körper, diesem Mann, der mir mitten in die Fresse schlug, immer wieder.

Im Hintergrund stand Toni, der sich die ganze Zeit nicht hatte blicken lassen, verschwommen von der Kurzsichtigkeit und dem Augenwasser, keine Tränen, aber das eine Auge brannte, ich blinzelte und blinzelte, und hörte Toni manchmal sagen:

Lass ihn gehen.

Aber er sagte es nicht oft.

Nachbar Albert klopft an die Türe. Du gehst öffnen.

Ich höre ihn, wie er im Hausflur schwere Einkaufstüten absetzt auf dem gekachelten Boden.

Alles klar bei euch?

Ja, sagst du, und: Danke.

Du kommst zurück ins Schlafzimmer.

Irgendwann war ich draussen. Beim Hinausgehen, Hinausstolpern oder vielleicht im Fall – vielleicht fiel ich die fünf, sechs Treppenstufen hinunter von der Wohnungstüre zum Hauseingang – kam im Flur neben mich zu liegen: ein dreckig weisser Schuh mit drei schwarzen Streifen. Ich fragte mich nicht, ob es meiner sei und weshalb nur einer, ich bemerkte lediglich, dass dieser Schuh, der neben der letzten Treppenstufe am Boden lag, dasselbe Modell war wie meine Schuhe, von denen ich nicht wusste, ob ich überhaupt welche anhatte und falls ja, ob ich gestern, als ich vor einem ganzen Arbeitstag und einer ganzen Ausgehnacht aus dem Haus ging, nicht andere Schuhe ausgewählt hatte, weil meine alten Turnschuhe, wenn ich sie zu lange trage, zu stinken anfangen, oder wegen des Schnees.

Ich weiss, dass ich die Uhr anhatte, irgendwann, als ich wieder auf dem Sofa sass, Stunden später, nachdem ich aufgewacht war mit nichts als dröhnender Leere in meinem Schädel und gänzlich ohne Erinnerung. Vor mir auf dem Sofatisch die grosse, flache Messingschüssel mit den Streichhölzern, den Visitenkärtchen, Zigaretten, Kaugummis, Bahnbillets – und einer Uhr, die Ken gehört haben muss. Es war eine schwere, silberne Männeruhr mit einem dieser Verschlüsse, die man nie im Leben zu- oder aber wieder aufkriegt, und ich habe sie –

anprobiert?

Ich habe die Uhr anprobiert. Ich habe den filigranen Verschluss zubekommen. Er ist eingeschnappt und die Uhr hing schwer an meinem Handgelenk, viel zu schmal. Ich habe meinen Unterarm geschüttelt, um die Uhr anders zu positionieren, wie das Männer so tun, ohne es zu merken.

Vielleicht wollte ich ein Andenken an jene Nacht, etwas, das mich immer daran erinnern würde, was ich getan hatte, um Schritt zu halten mit dir. Um sicherzustellen, dass die Kette nicht reissen würde, mit der du mich längst an dich gefesselt hattest.

Jetzt im Bett – ich will nicht weiterdenken.

Ich stelle mir vor, wie ich aufgestanden bin vom Sofa mit der Uhr am Handgelenk und wie ich begonnen habe, meine Kleider zusammenzusuchen. Und wie mich Ken dabei erwischt haben muss.

Ich stelle mir seinen Fusstritt vor: einen barfüssigen Tritt mir in den Hintern.

Ich wollte nach Hause rennen, erzähle ich, aber konnte nur humpeln.

Und wie ich die Abkürzung nahm, den Trampelpfad, der hinter dem Schulhaus entlangführt. Nur erkannte ich den Pfad nicht, brach ständig ein, der Schnee stellenweise kniehoch.

Ich fragte mich nicht, weshalb ich humpelte oder weshalb ich die spitzen Steine spürte aus dem Maisfeld jener Sommerferien – und weshalb unter einer Schneedecke und nur an einem Fuss.

Es tagte bereits.

Später meine Hand mit dem Schlüssel, die das Schlüsselloch nicht fand.

10

Übrig geblieben sind nur wir: mein schöner, dünner Freund und ich. Draussen haben die Nacht und der Schnee alles getilgt. Die Welt ist still, und was wir kannten, ist von uns abgefallen in einen Abgrund, den wir selber ausgehoben haben, tiefer und tiefer mit jedem Satz.

Noch nie haben wir den anderen *mein Freund* genannt. Erst heute Nacht, erst jetzt, wo wir über alles Bescheid wissen. Wo wir hier liegen auf meinem Bett und hoffen, dass der Schnee nicht schmilzt und dass alles so lange als möglich still bleibt – kein Auto, kein Bus, der ganze Verkehr nicht durchkommt, die Menschen stumm und wir mit ihnen. Ausser ein leises Knirschen vielleicht. Unsere Schritte, die uns zuraunen: Der Boden weiter unten, unter dem Schnee, der Boden ist wieder da unter euren Füssen.

Nach einer Ewigkeit, scheint mir, sage ich doch etwas.

Ich bitte dich, nach oben zu gehen und Nachbar Albert zu holen mitsamt seiner Klarinette.

Bist du sicher?, fragst du. Es ist spät.

Aber du bist bereits aufgestanden, bevor ich antworten kann.

Ich rufe die Grosse, sie solle sich zu mir legen und warten auf die Musik.

Er wird die Circus Suite spielen, sage ich.

Simon Froehling wurde 1978 geboren, ist schweizerisch-australischer Doppelstaatsbürger und lebt in Zürich. Nach Arbeits- und Studienaufenthalten in Australien, England, Deutschland und Ägypten hat er sich seit 2005 vor allem als Theaterautor einen Namen gemacht. 2009 absolvierte er den Bachelor-Studiengang Literarisches Schreiben am Schweizerischen Literaturinstitut in Biel. Er ist unter anderem Gewinner des Dramatikerpreises der Schweizerischen Autorengesellschaft 2006, des Publikumspreises der St. Galler Autorentage 2007 sowie eines Heinz-Weder-Anerkennungspreises für Lyrik 2005. Simon Froehling ist Mitglied des Verbandes Autorinnen und Autoren der Schweiz AdS und der Zürcher Literaturgruppe index.
Lange Nächte Tag ist sein Debüt als Romanautor.

Für Unterstützung am vorliegenden Roman dankt der Autor der Abteilung Kultur des Kantons Zürich. Der Verlag dankt zudem für fortgesetzten Support dem Präsidialdepartement der Stadt Zürich und dem Migros Kulturprozent.

1. Auflage 2010

www.bilgerverlag.ch

Lektorat: Christian Döring, Venedig/Berlin
Korrektorat: Franziska Schwarzenbach, Zürich

Buch- und Umschlaggestaltung: Dario Benassa, purpur, Zürich
Satz: Barbara Herrmann, Freiburg im Breisgau

Druck: Friedrich Pustet KG, Regensburg

ISBN 978-3-03762-009-0

9 783037 620090 >

Foto: Nikkol Rot

Simon Froehling wurde 1978 geboren, ist schweizerisch-australischer Doppelstaatsbürger und lebt in Zürich. Nach Arbeits- und Studienaufenthalten in Australien, England, Deutschland und Ägypten hat er sich seit 2005 vor allem als Theaterautor einen Namen gemacht. 2009 absolvierte er den Bachelor-Studiengang Literarisches Schreiben am Schweizerischen Literaturinstitut in Biel. Er ist unter anderem Gewinner des Dramatikerpreises der Schweizerischen Autorengesellschaft 2006, des Publikumspreises der St. Galler Autorentage 2007 sowie eines Heinz-Weder-Anerkennungspreises für Lyrik 2005. Simon Froehling ist Mitglied des Verbandes Autorinnen und Autoren der Schweiz AdS und der Zürcher Literaturgruppe index.
Lange Nächte Tag ist sein Debüt als Romanautor.

Für Unterstützung am vorliegenden Roman dankt der Autor der Abteilung Kultur des Kantons Zürich. Der Verlag dankt zudem für fortgesetzten Support dem Präsidialdepartement der Stadt Zürich und dem Migros Kulturprozent.

1. Auflage 2010

www.bilgerverlag.ch

Lektorat: Christian Döring, Venedig/Berlin
Korrektorat: Franziska Schwarzenbach, Zürich

Buch- und Umschlaggestaltung: Dario Benassa, purpur, Zürich
Satz: Barbara Herrmann, Freiburg im Breisgau

Druck: Friedrich Pustet KG, Regensburg

ISBN 978-3-03762-009-0

9 783037 620090 >